寻找桃花源
中国重要农业遗产地之旅丛书

侗乡鱼米

苑利◎主编
罗康隆◎著

北京出版集团公司
北京美术摄影出版社

图书在版编目（CIP）数据

侗乡鱼米 / 罗康隆著. — 北京 ：北京美术摄影出版社，2020.10
（寻找桃花源 ：中国重要农业遗产地之旅丛书 / 苑利主编）
ISBN 978-7-5592-0362-5

Ⅰ. ①侗… Ⅱ. ①罗… Ⅲ. ①故事—作品集—中国—当代 Ⅳ. ①I247.81

中国版本图书馆CIP数据核字(2020)第092246号

总 策 划：李清霞
责任编辑：董维东
执行编辑：赵　宁
责任印制：彭军芳
责任校对：路晓箭

寻找桃花源　中国重要农业遗产地之旅丛书

侗乡鱼米
DONGXIANG YUMI

苑　利　主编

罗康隆　著

出　版	北京出版集团公司
	北京美术摄影出版社
地　址	北京北三环中路6号
邮　编	100120
网　址	www.bph.com.cn
总发行	北京出版集团公司
发　行	京版北美（北京）文化艺术传媒有限公司
经　销	新华书店
印　刷	天津联城印刷有限公司
版印次	2020年10月第1版第1次印刷
开　本	787毫米×1092毫米　1/16
印　张	14.75
字　数	212千字
书　号	ISBN 978-7-5592-0362-5
定　价	88.00元

如有印装质量问题，由本社负责调换
质量监督电话　010-58572393

编 委 会

主　　编：苑　利

编　　委：李文华

　　　　　闵庆文

　　　　　曹幸穗

　　　　　王思明

　　　　　刘新录

　　　　　骆世明

　　　　　樊志民

○ 中国农业历史学会推荐丛书

○ 中国重要农业文化遗产专家委员会推荐丛书

○ 全球重要农业文化遗产专家委员会推荐丛书

目 录
CONTENTS

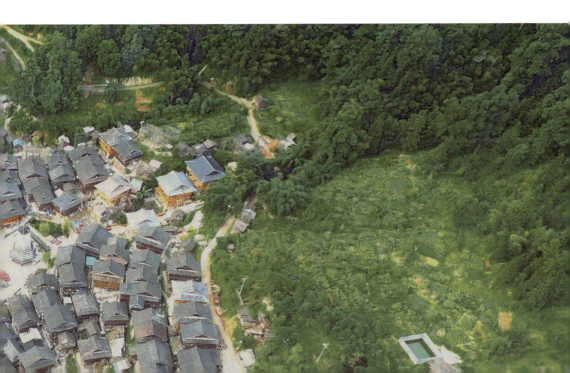

如果有人问我，在浩瀚的书海中，哪部作品对我的影响最大，我的答案一定是《桃花源记》。但真正的桃花源又在哪里？没人说得清。但即使如此，每次下乡，每遇美景，我都会情不自禁地问自己，这里是否就是陶翁笔下的桃花源呢？说实话，桃花源真的与我如影随形了大半生。

　　说来应该是幸运，自从2005年我开始从事农业文化遗产研究后，深入乡野便成了我生命中的一部分。而各遗产地的美景——无论是红河的梯田、兴化的垛田、普洱的茶山，还是佳县的古枣园，无一不惊艳到我和同人。当然，令我们吃惊的不仅仅是这些地方的美景，也包括这些地方传奇的历史，奇特的风俗，还有那些不可思议的传统农耕智慧与经验。每每这时，我就特别想用笔把它们记录下来，让朋友告诉朋友，让大家告诉大家。

　　机会来了。2012年，中国著名农学家曹幸穗先生找到我，说即将上任的滕久明理事长，希望我能加入到中国农业历史学会这个团队中来，帮助学会做好农业文化遗产的宣传普及工作。而我想到的第一套方案，便是主编一套名唤"寻找桃花源：中国重要农业遗产地之旅丛书"的书，把中国的农业文化遗产介绍给更多的人，因为那个时候，了解农业文化遗产的人并不多。我把我的想法告诉了中国重要农业文化遗产保护工作的领路人李文华院士，没想到这件事得到了李院士的积极回应，只是他的助手闵庆文先生还是有些担心——"我正编一套丛书，我们会不会重复啊？"我笑了。我坚信文科生与理科生是生活在两个世界里的"动物"，让我们拿出一样的东西，恐怕比登天还难。

　　其实，这套丛书我已经构思许久。我想我主编的应该是这样一套书——拿到手，会让人爱不释手；读起来，会让人赏心悦目；掩卷后，会令人回味无穷。那么，怎样才能达到这个效果呢？按我的设计，这套丛书在体例上应该是典型的田野手记体。我要求我的每一位作者，都要以背包客的身份，深入乡间，走进田野，通过他们的所见、所闻、所感，把一个个湮没在岁月之下的历史人物钩沉出来，将一个个生动有趣的乡村生活片段记录下来，将一个个传统农耕生产知识书写下来。同时，为了尽可能地使读者如身临其境，增强代入感，突显田野手记体的特色，我要求作者们的叙述语言尽可能地接地气，保留当地农民的叙述方式，不避讳俗语和口头语的语言特色。当然，作为行家，我们还会要求作者们通过他们擅长的考证，从一个个看似貌不惊人的历史片段、农耕经验中，将一个个大大的道理挖掘出来。这时你也许会惊呼，那些脸上长满皱纹的农民老伯在田地里的一个什么随便的举动，居然会有那么高深的大道理……

有人也许会说，您说的农业文化遗产不就是面朝黄土背朝天的传统农耕生产方式吗？在机械化已经取代人力的今天，去保护那些落后的农业文化遗产到底意义何在？在这里我想明确地告诉大家，保护农业文化遗产，并不是保护"落后"，而是保护近万年来中国农民所创造并积累下来的各种优秀的农耕文明。挖掘、保护、传承、利用这些农业文化遗产，不仅可以使我们更加深入地了解我们祖先的农耕智慧与农耕经验，同时，还可以利用这些传统的智慧与经验，补现代农业之短，从而确保中国当代农业的可持续发展。这正是中国农业历史学会、中国重要农业文化遗产专家委员会极力推荐，北京出版集团倾情奉献出版这套丛书的真正原因。

苑 利

2018年7月1日于北京

2011年，从江侗乡稻鱼鸭系统被列为全球重要农业文化遗产保护试点，至今仍是广西壮族自治区唯一的农业文化遗产。1984年，我的第一次民族学田野实践调查就是在侗族地区。时隔30多年，当时的情景历历在目，至今没有忘怀，还越来越清晰。每年谷雨前后，侗乡人劳作的身影就出现在层层梯田里，乡民、耕牛和梯田编织成了一幅盛大的春耕图。侗乡的糯稻、鸭子、鱼、鱼塘、水车、水笕、山泉等所组合而成的侗族农业文化遗产，让我流连忘返。那侗寨的风雨桥、鼓楼、寨门、吊脚楼，更是一幅幅精美的山水画。还有侗乡的斗牛、行歌坐月、侗族大歌、侗戏等民间艺术活动，令我深深地向往。我一直认为，侗乡才是有诗的远方。

稻鱼鸭系统是适应特定环境的一种生计模式，不是可以普遍推广的，它之所以能够在侗族地区推广，并且生存和发展下去，首先是因为特殊的自然条件：这里的气流是抬升的，湿度处于饱和状态；另外，有小块平地，也有中山和低山，属于森林、农田、溪流交错的区域，同时由于水系的交错，不可能开垦大片农田。这样的自然条件为稻鱼鸭系统的存在提供了客观条件。其次是因为侗族本是滨水民族，其文化在不断改造和调试中才构造出这样的系统，它既是生态的也是文化的，这两者之间是互动的。稻鱼鸭系统只是我们看到的侗族文化展露出来的一角，背后还有更深厚的内涵。侗族文化的基础之一是浓厚的家族观念，另一个是对生态系统采取最小改性原则。稻鱼鸭系统不是凭空来的，而是人们通过观察天然沼泽地从而建造出高山农业。农业体系与自然的差异小，便具有很高的稳定性，能持续发展，因此最小改性能保证最大的永续性。

从江侗乡稻鱼鸭系统成为农业文化遗产是一个不争的事实，对其的保护具有急迫性和必要性。对育种、耕种、灌溉、排涝、病虫害防治、收割储藏等农业生产经验的总结与保护，是我们这一代人所需要做出的努力。从江侗乡稻鱼鸭系统作为传统农业生产经验实质，所强调的是在尊重自然的基础上，巧用自然，做到对生态环境的高效利用与精心维护，展现出天人合一和可持续发展的生存理念。从江侗乡稻鱼鸭系统作为一种生计模式，有着为维护农耕生产秩序而制定出来的一系列规则，形成了以侗款为代表的民间习惯法，以热心公益为基础的道德伦理规范，以萨崇拜为中心的民间禁忌等。侗族地区所建立起来的这一系列规则为维护稻鱼鸭系统农业生产秩序发挥了重要作用。

正是基于对从江侗乡稻鱼鸭系统的如上理解，侗族地区成为我远方的诗，稻鱼鸭系统成为宝贵的农业文化遗产。为了纪念这份"遗产"，我以生涩的文字，把我30多年在侗族地区行走的"记忆"记录下来，一则是对这份"遗产"价值的阐述，二则是我对这份"遗产"美好的回忆。

罗康隆

2017年5月

侗寨村落自诉的历史

01

1995年夏，我应《山茶》杂志之邀撰写一篇有关侗族的散文，调查地就选在了湖南通道的阳烂村。在侗族，要想了解当地的历史，拜访寨老是一条无法取代的路径。我把我的想法告诉了村主任指定的采访人——阳烂村寨老杨校生。杨老先生想了想，说明天回话……

1995年夏，我应《山茶》杂志之邀撰写一篇有关侗族的散文，调查地就选在了湖南通道的阳烂村。在侗族，要想了解当地的历史，拜访寨老是一条无法取代的路径。我把我的想法告诉了村主任指定的采访人——阳烂村寨老杨校生。杨老先生想了想，说明天回话。

第二天一早，我们就到了杨老先生的家。见我们来，他告诉我们，昨夜他一夜没睡，还没想好怎么唱，鸡就叫了。老人家呼呼噜噜抽了几口水烟，稳了稳神儿，便唱了起来：

来客听我说分明，
我祖来自江西省。
太公名叫龙松麻，
镇守南疆是英雄。
功劳显赫无敌手，
皇帝嘉奖震朝廷。
本寨还有一大姓，
镇守诚州有功名。
威远侯王杨再思，
落户上岩转西塘。
两户拧成一股绳，
共建一村人财旺，
口传书载传美名。

杨老先生后来告诉我们，这个村最早由龙家开创，后来镇守诚州的杨再思迁居于此。龙、杨两姓处得就像亲兄弟一样，两姓可以打架，但不许记仇。杨老先生告诉我们，这里以前没有人住，树高草长，坑坑洼

阳烂村，太阳升起的地方

洼，是他们用自己的双手一点一点创造出来的。

据杨老先生说，他们杨姓是威远侯王杨再思的后裔。从前杨再思镇守诚州，后迁至上岩、西塘，最后才搬迁到这里。作为迁徙者，他们最初并没有山林和田地。田地是龙姓人家送给他们的。他们将房屋建在岩上，用省下来的田地种植庄稼。后来，又有吴姓迁来，住在阳烂村的寨头边上，在民国时又迁到现在的陇城乡竹塘村。今天的阳烂村并不是指历史上阳烂这一个村，而是指西塘、饮东、阳烂三村的集合体。先民之所以将三村合称为阳烂村，是为了避免三村的矛盾，于是这个名字就传了下来。

满传庙，供奉的是阳烂侗族的祖先

侗族村寨的历史

　　三村合并后开始修路，至清乾隆五十二年（1787年）开始修筑鼓楼。村里的老人认为鼓楼就像龙头一样珍贵，有了龙的保佑，阳烂村就会财源滚滚、日进斗金。历史上，阳烂出过很多秀才。据杨老先生介绍说，这个村光秀才的牌匾就有40多块。如今的鼓楼是2001年重修的。据说修好后，还剩下了一些钱，村里的老人建议用剩下的钱修建一个篮球场，让后生们把篮球打到北京，拿个冠军回来。

　　探访阳烂村，使我意识到老百姓对于自身历史的叙述更像是《史记》《汉书》，勾勒起来是那么的有血有肉，那么的生动鲜活。也许以前从未有人将其视为历史，但谁又能说它不是历史呢？如果我们将这样的村史都原原本本记录下来，中国的历史又会展现多么丰富的延伸呢？没有家族史、村落史、社区史、地区史、民族史，怎么会有国家史、区域史和世界史？

三村合并形成了现在的阳烂村

洪水故事与造人 **02**

侗族的洪水故事，不仅叙述了侗族的来历，同时也叙述了与侗族有关的其他民族的来历，如汉族、瑶族、壮族、苗族等，他们都是同祖的，都是姜良和姜妹的后裔，只是其构成部分有所差异……

侗族的洪水故事，不仅叙述了侗族的来历，同时也叙述了与侗族有关的其他民族的来历，如汉族、瑶族、壮族、苗族等，他们都是同祖的，都是姜良和姜妹的后裔，只是其构成部分有所差异。老人告诉我，说起源话就太长了。"八男同地起，八宝同地养，地要翻天，天要覆地。齐天洪水使得六国一片汪洋，只剩姜良、姜妹两兄妹。两兄妹男无处配，女无处婚，两人打破常规成了亲。成亲三年，生得儿子，男不像男，女不像女，有头无耳，有眼无鼻，有手无脚，喂奶不吃，喂饭不吞。姜妹没有法子养，姜良将其砍烂，撒向地上尽成生灵。于是肠子聪明变成汉族，骨头坚硬变成苗族，肉成为侗族，肝脏成为壮族……由此有了天下世间。"

在调查中，我们收集到了世间造人的古歌。古歌唱道：

侗族祖先，先置瑶人祖先，瑶坐八面山坡，木皮盖屋，挖土种粟。逢山吃山，逢水吃水，钱粮不纳，门户不当，朝吃无忧，夜吃无愁。

再置汉人祖先，汉人坐天下，皇帝纱帽戴，绸缎穿在身，金牌挂胸前，银牌挂后面，穿鞋踏袜，朝吃无忧，夜吃无愁。

蛋人祖先，蛋人做潭溪、九宝，大田养鱼，冲田栽糯，吹芦笙、唢呐，逍遥宽了，钱粮不纳，门户不当，朝吃无忧，夜吃无愁。

壮人祖先，壮人做壮家庙子、羹水，进门脱鞋，穿袜齐膝，葬有好地，葬有好坟，钱粮不纳，门户不当，朝吃无忧，夜吃无愁。

苗人祖先，苗人做九重、罗告，山盘装弩，群众练枪，勇悍好斗，钱粮不纳，门户不当，朝吃无忧，夜吃无愁。

这些民族特性各异，但都是"朝吃无忧，夜吃无愁"，过着悠闲自得的生活。在这样的叙事中，人群的存在不是孤立的，总是与其他人群

洪水故事

相互依赖。自己的生存既是别人的前提，也同时成为别人的依赖，反之亦然。由此而建构起来的生境[1]是和谐的。

侗族的洪水故事不仅创造了人类，同时也造就了万物。上文已说姜良和姜妹生下一男，有头无耳，有眼无鼻，有手无脚。斩碎为民，手指落地变成兴凤岭，骨头落地变成岩石，头发落地变成万里山河，脑壳落地变成土塘田塅，牙齿变成黄金白银。与之同来的还有鸡、鸭、鹅、牛、猪等。

侗族先民传说中的这些奇思构想，不仅给他们带来了赖以生存的物质，同时也使他们一来到人世间，就有了无限的欢乐与愉悦。

注释

[1] 生境：指生物的个体、种群或群落生活地域的环境，包括必需的生存条件和其他对生物起作用的生态因素。

我们是姜良、姜妹的后代 03

在侗族的故事中，洪水之后，人类只剩下姜良和姜妹两兄妹，同胞两兄妹成亲是一个难题。其实，这是全人类所面临的一个难题，要破解这个难题需要有一个能够被人们接受的解释框架……

在侗族《人类起源歌》中，人类的第一个男人松恩是由节肢动物的第七节生下来的，其祖先分别是额荣、虾子、河水、蘑菇、白菌、树蒬。人类的第一个女人松桑是龟婆孵蛋，从一个好蛋中孵出来的。他们认为天地是孕育万物的母体，河流、山川、树木、花草等都是由最早的一个祖母生出来的。而人、鸟、兽、虫、鱼等则是这些母体再生出来的，人也是这些主体的一分子。

我在侗乡调查时，老人们总是讲他们的"根本"。我追问"根本"是什么。村民们说，"根本"就是创世歌，它是人类的"根本"。在侗乡知道"根本"是非常重要的一件事，评定一个人有没有文化就是看他会不会讲"根本"。

有侗歌这样唱道："我不说根，便不知尾；不说边缘，便无中间；不说祖先，便无父的时代；不说父的年月，便无我们的日子；不说孙辈，便无曾孙后代；不说混沌初开，便无当今世界；当初唐骆置根，唐登置岭，洪王置雨，吴王置姓，山上置土地，水下置龙王，置龙在河，置岩在山，置蛇居穴洞，置虎在山林，置雷居天上，置云雾在山头，置人们居乡村。"

以下是村民龙儒太口述的人的来源：

姜古置天，盘古置地，马王制弩，吴王创姓，山上置土地，水下置龙王，安排龙在江河，安排雷居天上，安排云飘山头，安排人居乡村，安排雾绕山头，安排黎民居四乡。置了世上无数姓，姓姓无数人，六国地下太平均。（众合）是呀！讲到混沌年间，八男同地起，八宝同地养。

第一先养母帝，第二养龙王公，第三养虎郎公，第四养猫郎公，第五养蛇郎公，第六养雷郎公，第七养姜良公，第八养得满女姜妹。（众合）是呀！

传说雷公雷婆脾气不好，性情暴躁，一讲就捶，再讲就打，打上半天，忽落地下，空中轰雷响，大地乱动颤。这时姜良去到河边捞青苔，绕过三间屋、五间仓，捉得雷公，铜锁来扣，铁链来绑，抓进屋，关进仓。

姜良去到十盘九宝，做些猎物换卖，姜妹挑水过仓边。雷公像条溜滑的小鱼，花言巧语地讲："姜良知去知返，你这姜妹，你送点水给我喝？送件麻衣给我穿？你要做什么好看的，我会帮你做得更好看。"姜妹真的送水给他喝，送麻衣给他穿。雷公喝第一瓢水两眼光闪闪，喝第二瓢水两眼亮眯眯，打破仓，捶破屋，他叫青龙塞井，黄龙堵河，发齐天洪水，淹没人世间。（众合）是呀！

引郎贯公（祖公）和太白金星，送个瓜种给姜妹，菜园来种，麻地来栽，天天去看，朝朝去扇，扇第一扇发芽，扇第二扇开叶，扇第三扇牵藤，扇第四扇开花结果，扇第五扇结个葫芦瓜，有仓那样高大。姜良无计，姜妹有法，姜良拿锤，姜妹拿凿，凿得葫芦瓜钵，四方端正，八面溜圆。还有蜂蜡一桶，南蛇一条，弩戟一张，飞箭三支。预先跟葫芦瓜说定，河水向东，你别往东，洪水向西，你别往西，洪水泱泱，你也回转本堂，洪水荡荡，你也回转本处，转来云彩下的廊檐脚。村脚有兄弟，村头有姊妹，村中有祖母外婆。

九年洪水淹天门，九年洪水一时退，高坡变成平地，万国人们都绝迹，只剩下姜良、姜妹做夫妻，三个月上身，九个月解带，生下一男，有头无耳，有眼无鼻，有手无脚。斩碎为民，手指落地变成兴凤岭，骨头落地变成岩石，头发落地变成万里山河，脑壳落地变成土塘田塅，牙齿变成黄金白银。置得野牛野鹿，闹热山坡六岭。置得团鱼一对，闹热长江大河。置得凡人三百六十四姓，姓姓有州，姓姓有县。这样就开始了有人烟的时代。

洪水故事是人类的一个共同记忆。就其本质而言，人们对洪水故事的记忆是寻求人类来源的一种解释。这种解释是很有说服力的。不同民族的洪水故事的叙述尽管相互之间差异大，但其主体没有改变，首先人的起源都是由于洪水淹没了世界。历史学家王明珂认为，这其实只是特定人群所在的某些山沟、溪河，并非整个地球都已是茫茫洪水。只是人们把他们所处的特定山沟、溪河当成了整个世界。人们在叙述这种洪水故事时就描绘成了整个世界发生了洪水。但是，我更关注人类不同文化下的民族在处理洪水故事后的人类繁衍时采取的不同方法。在侗族的故事中，洪水之后，人类只剩下姜良和姜妹两兄妹，同胞两兄妹成亲是一个难题。其实，这是全人类所面临的一个难题，要破解这个难题需要有一个能够被人们接受的解释框架。

洪水过后，没有了人类自然繁衍的可能性，而人类的延续是人类的本能，在万不得已的情形下，才采取了同胞兄妹成亲繁衍人类的办法。而为了对这种繁衍方式进行惩罚，他们生下儿子，白饭不吃，甜奶不要，他俩无计，束手无策，便将婴儿砍肉入箕，砍骨入筐，撒向山野，才有了人烟。其实这里已经涉及人类的第一个伦理底线的问题——兄妹通婚是被禁止的。但在人类种群面临绝种的危机时，这种禁止被突破了，只是这种突破不仅需要智慧，还需要付出代价，同时也警示了今天的人们：谁要突破禁忌，将付出惨重的代价。

侗族村民在解释婴儿的来源时常对小孩说，那刚刚出生的婴儿，是母亲一大早起床后，在水井里捡到的一个红孩儿；或是说昨夜溪沟里涨了大水，父母在溪沟边捞来的。至今，村落里的小孩仍相信水井、溪沟是婴儿诞生的地方。

祖先迁徙

04

村民对群体来源的传说，体现了古代人通过群体间的合作、分享与竞争来解决生存资源问题。
通过这种对群体来历的传说而获得一种族群身份的空间认同，实现群体来到人间的合理性与合
法性……

侗族并非原本就如现在这样分布居住，而是经过了一个漫长的迁徙或扩散过程。这一过程也伴随着大量的迁徙传说。我们调查过的黎平县黄岗，从江县小黄、岜扒、占里等村落，都流传有这样的古歌：

我们的祖先，从江西府太和县来到衡州，去到湖洋学法。那里有地，那里有宝，安龙坐地，安虎坐山。因为白天听鬼叫，夜晚不安宁，只好又迁移。

我们的祖先，金鸡起步，雁鹅飞天，来到靖州飞山寨。那里有地，那里有宝，安龙坐地，安虎坐山。因为白天要派粮，夜晚又捐米，忍吃也难完税，只好又迁徙。

我们的祖先，金鸡起步，雁鹅飞天，沿河而上，来到通道犁头咀岭。那里有地，那里有宝，安龙坐地，安虎坐山。因为田在高处，水在下边，脚不会踩水车，手不知做水车，只好搬迁。

我们的祖先，沿河而上，来到河边、江口，九姓人一起住，九姓菜一锅煮，九姓酒一瓢舀，天宽地有窄，天荒开田园，只好像山花，分散开满天。

杀牛祭天地，卜问生息处，牛头向东，做客往东去，牛头向西，做客向西走，牛头转上，做客往上走，牛头转下，做客往下游。罗家罗万夫，去到罗大腰。曹家曹保代，去到曹家冲口、洞杨寨。石家石再立，去到罗溪坪。陆家陆玉牛，去小江和蛇口。张家张正培，去地连西应。除家除度盘，出张王、老湾。李家李仲庆，上金鸡、下宜王。陈家陈周杰，上鎏寨，安龙坐地，安虎坐山。因为平溪的人，白日偷外婆的纱，夜晚偷祖母的棉，家财很不安然，只得再搬迁。

我们的祖先，金鸡起步，雁鹅飞天，来到下乡，琵琶七树。那里有地，那里有宝，安龙坐地，安虎坐山。因为那里人上穿鹊花衣，下穿金

侗族村寨

鸡花裙，衣着各样，语言不同，又要各自煮酒，秋行酒礼，大船装酒，小船装肉，酒兴大碗，肉兴大块，又要办龙纹花盘，喜酒吃双餐，礼仪难酬还，只好把家搬。

我们的祖先，来到黄柏，上五吉，下五吉。那里有地，那里有宝，安龙坐地，安虎坐山。因为与人相争十二两钱粮，冤枉气难咽，又把家来迁。来到龙头吉利，又因田在高处，水在低处，脚不会踩水车，手抽水不起，水比油盐贵，只好又迁徙。来到格龙、格坳。因为被上边来的

河流是侗族传说中迁徙的主要路线

称汉人，被下边来的又称苗家，宗族不同多闲语，只好又搬家，来到琵琶洞、旋美洞。因为那里野金牛，银间腰，十八斤，十九两，日夜不安受惊扰，只好又迁了。

祖先来到格山，因为罗寅秀才居心不良，蓄意不好，立庙宇压青龙头、白虎脚，降下灾祸，日死七男，夜死七妇，野狗偷肉，野猪偷鱼，人不吉利，只好迁移。

祖先又来到应溪禾，溪冲头，生有岩雷、正雷，公入地，父继承，世世代代家发人兴。岩雷、正雷以下，生得通成，明胜生胜再，胜再生文龙，文龙住上面，盛龙住下面，文龙生全蛤，盛龙生松文，松文养五父，第一正雷，第二富雷，第三元雷。

我们自己的祖先文龙，生四公，第一胜龙，第二胜虎，第三胜文，第四胜武，这四公生正道、正明、正法、正富、正贵。以下生得秀香、秀山。秀香生得宝兴、宝南。秀山生得宝扬、宝通。宝兴、宝南生得宝定、友传……

莫讲别人的祖先，就讲我们的祖先，祖公父亲亡故，劳碌造起三间屋宇，但生男不俊，生女不俏，用了几多银钱，使他父子去东方买得一头黑牯牛。请得道师、明师，奉献千斤牛筋，万斤牛蹄，莫献祖宗亡人，祭四方神灵，地方才得安宁，子孙才得发达。

占里侗寨祖先吴公

从江县占里吴姓先人迁居该地以来，由最初的5户发展至现在的180余户。起初，该地有汉族居住，但是人口较少。由于汉族居住习性与该地的生态环境无法契合，汉族纷纷移居外地，只剩下吴姓先人。几百年来都只有吴姓家族定居于此。尽管占里村地处深山密林，交通闭塞，但在与周边村寨的接触交往中，逐渐有外姓人员搬来与吴姓混居。据老人口述，此种情况约发生在民国时期。现在，寨里除了吴姓之外，另有10

个姓，分别是黄、伍、孟、蒋、潘、高、杨、贾、石、彭。其中，最多的黄姓有三户，其余大部分都是一户。有的是被请来寨中定居的，如石姓家户是传说中大将的后代，占里村民特请他们定居于此，以保平安。有的是周围村寨的居民来此做帮工，后在此定居。还有就是逃难而来，寨中人收留在此定居，老人们所说的民国时期搬来的家户，大多属此种情况。

群体来源的传说反映了古代人通过群体间的合作、分享与竞争来解决生存资源的问题。通过这种对群体来历的传说而获得一种族群身份的空间认同，实现群体来到人间的合理性与合法性。

在历史记忆的合理化修复过程中，这些传说成为一种文化事实，这种文化事实又是社会与自然环境的产物。文化实现了对资源的利用，同时，文化也去定义了资源，不仅使人的存在获得了合理性与合法性，同时也使与人伴生、伴存的生物的存在与被利用获得了合理性与合法性。在此基础上村民形成了对资源分配、分享体系的维护与调节机制，形成村民生存的一个特有生境。村民在这样的生境中实现村落人群的延续与发展。

侗族的万物起源观 05

在侗族村民的观念中，人来到这个世界上，要生存，就需要有维持生命的物质，这是生存最起码的文化逻辑。与人伴生而来的鸡、鸭、鹅、牛、猪、鱼等都具有自己特定的生态位与文化位……

侗族先民认为，人不是孤独的，与之同来的还有鸡、鸭、鹅、牛等各种动物。我们在调查中收集到了鹅来由的传说，是这样描述的："当初的鹅，起源于鹅州的下洞。下洞产鹅满河堤，母鹅引崽遍坪地。我们先人拿饭给它吃，造笼给它住，做窝给它睡。放鹅往田坝走，遍山遍地养鹅。我们叫它'亚呀'。雄的咯咯叫，雌的嘎嘎叫，放满田坎散满江河。"

鸡的由来是这样叙述的："当初鸡在山州竹山里，它每天从山州竹山里出来。鸡跑不过河，飞不过江，还是大鸭背它过河，驮它过江，送给了侗家村落。从此，这鸡夜鸣掌时辰，白天守团寨，老人合心，青年中意，村民拿饭给它吃，拿笼给它住。养鸡满寨走，村民叫它'咕咕'。还说母鸡帮鸭子孵崽，就是报答老鸭背它过河的旧恩。从此，鸡在人间逍遥自在，啼声热闹兴隆村寨。"

牛的由来是如此叙述的："从前神农皇帝，父亲要吃白饭，儿子

侗族村寨的牛（一）

侗族村寨的牛（二）

要吃红饭，他们去到山间开田，在水田里种糯谷，在旱田里种籼谷。拿锄头去挖费力，拿耙去揉不烂，脚踩不深，秧栽不稳，他们无计可施，无法可想。到湖边去看，到海边去观，暴浪如大仓，波涛如火焰，大浪里冒出金牛一对，水牛一双，自跳上岸，自奔上山，神主吩咐：'如今你要去山头做工，冲头种田，山冲你要去，远处你要到。'金牛、水牛说：'告诉他们百姓莫拿刀，官府莫杀牛，近处我只管去，远处我只管到。'神主答道：'我出旗帜他们就信，出印他们就怕，谁人不信，拿来见我。'从此朝廷不许吃牛肉，官府不许杀牛。"

还有关于猪的来由的传说："这里不讲别的，且讲猪的来由。事物各有出处，各有来由，牲畜各有父养，各有母生，自有大山藏身。说起猪的由来，须知捉猪计谋，先置何姓，先置杨姓，先未曾养猪，只是挖山开土，父挖地种豆，母挖地种菜。豆长高过耳，菜长深过膝。林中有四头山猪，早到早吃，晚上吃完粮。父无计想，母无法施。四寨一商议，想得一好计。砍树响吭吭，沿山设卡陷，伐木响当当，冲脚设栏栅。杨姓父子守山梁，邀得欧姓父子守岭头；陈姓父子半冲动手脚，公猪呼呼沿山上，母猪咧咧沿山来。四头山猪来到，大家吼闹，有两头它们身子长脚杆高，跳得过坑，跨得过栏，尾巴一翘跑进林，鬃毛一扇逃进山。去了一双山猪，还有两头，它们身子圆脚杆短，跳不过坑，跨不过栏，掉进陷阱。父就抓耳，母就抓颈，父拿双绳去捆，母拿双鞭去赶。拿到家里，无圈给它们睡，无处给它们住，放在廊檐脚，关在梯子底。然后去到东方请来木匠，砍木切切，做成猪圈，抓猪进栏，关它们进圈。三朝就驯熟，六天就习惯，三朝拿潲去喂，六朝拿糠去养，少喂碎米多喂糠，少吃苞谷多喂菜。双猪咧咧叫，走到小溪壕，游到篱笆下，身上有九层肉，肚内有九层油。侗家来议价，汉人来给钱。侗人拿钱来你不要，汉人拿银来你不卖，留来款待我们好宾客。"

在侗族村民的观念中，人来到这个世界上，要生存，就需要有维持生命的物质，这是生存最起码的逻辑。与人伴生而来的鸡、鸭、鹅、牛、猪、鱼等都具有自己特定的生态位[1]与文化位。在这些生态位和文化位中，也就是在这样特定的生境中，各有其位，各司其职，都有存在的合理性。这样的生境所反映出来的不仅是人在生境中所处的食物链，还有人在生境中所处的文化链。这种文化链的形成，在特定意义上就形成了侗族文化对资源的分类与利用的格局。

在侗族村民看来，人类有了这些物质便可以生活下去了，但这样的生活还是很单调，还不是很有意思，在他们的生活中还需要有更多的乐趣。民族在生境中利用了生境资源，实现了文化的成长，民族在文化的成长中又升华了自己的文化。人不仅是劳动的动物，更是创造幸福、享受娱乐的动物。人在构造自己的生境时，总不会忘记营造一个创造文化

侗族刺绣（一）

侗族刺绣（二）

的环境，娱乐意义不仅仅是享乐，更重要的是在娱乐中传播文化与构造文化。

在侗族村民中流传着关于娱乐的诸如芦笙和龙灯等来由的传说，滋养着村民的生活，使村民的生活更加绚丽多彩。

村民娓娓道来："且讲我们侗人祖先，没有什么娱乐，只拿芦笙做个热闹。芦笙根源在何处？起源在古州城。古州八万早戈格，村洞峨美制琵琶，古坪金富造侗笛，也洞沉现制笙人。第一次装六根木簧，吹不出声，吸不出音。第二次装六根竹黄，吹不出声，按也不鸣。第三次装六根牛角簧，吹也不响，吸也不出声。丢在地上，扔进壕沟，父无计策，母无法想。父出金两放小钱，母出银两放厘称，去到阳洞大地方，不怕靖州路远，五开（黎平）水长。转来古州六洞，买得响铜一斤，白铜二两，老匠打，小匠熔。老匠来锻，锻成黄铜片，锻声喷喷，做得笙簧，锻声唧唧，做个管簧，六个管簧钻六孔，六根竹管装六簧。六簧装里面，六孔在外面。三个竹管套上头，七个箍子箍下边。无处取声，山里砍竹叶有声，风吹竹叶声沙沙，取架芦笙叫格列（小号芦笙）。去到阳洞瀑布滩头取音，瀑布声约约，做架芦笙叫各略（三号芦笙）。瀑布滩水声耶耶，做架芦笙叫纳鲁（最小号芦笙）。滩水声沉沉，取架芦笙叫筒耿（中号芦笙）。如今三个竹筒，吹得成调，六个笙孔，吹得成曲。吹也响，震也浓。上村满万做筒铺（大号芦笙），车寨满美做筒头（特大号芦笙）。当今早吹早响，夜吹夜鸣，早吹响传州里，夜吹声震四十里地。我村年轻人，吹笙进场中，载歌载舞边跳边行，笙歌嘹亮飞漫天，小伙翩翩游乡间。有了芦笙，侗乡的人们就热闹了。"

龙灯的故事也很有趣："古时候，我们的祖先住地贫瘠，生活艰难，交不起皇帝的钱粮，后来禹王开河道，开到五龙四海边，早晨到海岸去看，晚上到海滨去观，碰见个追宝龙王神，头有花纹，眼如金杯，

侗族芦笙　　　　　　侗族舞龙

身放红光，鳞起九层。观看也中意，望见也称心。后来圣朝皇帝，叫人扎个龙花灯，用金线来缠龙脖子，舞龙灯来庆贺新春。我们侗家也得到启示，也做新年佳节舞龙灯。父置绫罗糊龙头，母拿绸缎封龙身，茶油和白蜡做成烛，点烛照亮龙灯节龙身。供奉龙头，敬奉龙尾。远看一片光亮，近看龙鳞晶明，就像一条活龙，真的栩栩如生。侗人看了侗家喜，汉人看了汉人爱。我们侗家做的龙灯真巧妙，成为神道高超的龙王化身，拿来祭天天感应，舞去敬神神也灵。"

村落里有了芦笙、龙灯等娱乐活动，生活就有了乐趣，生活的滋味也就越来越浓，人们的日子也就越过越好。从此以后，侗乡样样昌盛，国家平安，风调雨顺，六畜兴旺，五谷丰登。

注释

[1]　生态位：一个种群在生态系统中，在时间、空间所占据的位置及其与
　　　相关种群之间的功能关系与作用。

侗寨村落的祭萨

06

贾甫孟说，在很久以前，岜扒村的人觉得村寨需要一位守护神守护整个村寨，听说不远处的侗寨有一位叫作杏妮的神法力强大，就请了鬼师把杏妮接到寨子里来，并建立萨堂，希望她能守护村寨，使寨子里的人富足安康……

侗族对萨最为虔诚，村民时不时要奉祀这位始祖母。

关于这位始祖母的身世，传说是一位为维护侗族先民利益而牺牲的女英雄。侗族崇拜萨实际上是一种祖先崇拜。长期以来，在侗族民间形成了一整套萨文化，包括有关萨的传说和歌谣、踩歌堂、吹芦笙以及各种敬萨祭萨活动等，在侗族文化史中占有重要地位。每月农历初一、初十要特地对萨进行烧香敬茶。每年的新春是祭萨的日子，届时全寨男女集合在萨坛进行献祭。在献祭时，村里的年轻妇女们要手牵着手或手搭着肩围在坛前边唱边舞，祈求萨在新的一年里降福消灾，保寨安民，风调雨顺。祭毕，众人围坐萨坛就餐，表示与萨共进餐饭。后鸣锣燃炮，男的吹笙前导，女的随后又边歌边舞。在春节，寨里男女歌队、戏班或芦笙队要出发去别的村寨"为也"（集体做客）时，也要先到萨坛前祭祀，以求出行顺利。据说古代，寨众出师抵御外敌时，更要祭祀萨，祈求萨的庇护。

整个祭萨活动十分神秘，一般都是在夜间进行，外人很难看到。从江岜扒的祭萨活动，热烈中透着几分庄重，肃穆中显现几分神秘。

岜扒村的老人贾甫孟说，在他3岁还不怎么懂事的时候曾经参加过挖萨坛，发现萨坛底下埋着大量女子用的银饰（包括银制的头饰、手镯等）。他从18岁开始便参与萨坛的日常管理。村里的母萨坛由贾家负责打理，而贾甫孟家靠近公萨坛，所以他就一直负责协助打理公萨坛。每当祭萨时，那三声响炮就是由贾甫孟负责放的。

贾甫孟说，在很久以前，岜扒村的人觉得村寨需要一位守护神守护整个村寨，听说不远处的侗寨有一位叫作杏妮的神法力强大，就请了鬼师把杏妮接到寨子里来，并建立萨堂，希望她能守护村寨，使寨子里的人富足安康。村子里的人称她为萨婆。多年来，岜扒村在萨婆的守护下过得很太平，人们对她的信仰只增不减。后来因特殊的历史因素，许

岜扒萨坛

多萨坛被挖，被挖掉的萨坛直到1996年才重新修复。在修复的过程中，村民请了鬼师到一个侗语叫作"danm ma mei kei"的地方，把萨重新请了回来。当时去请的村民每人手上端着一个装水的器皿。到了目的地之后，每个人从村子里面装一碗水带回来，就像是带着萨婆回到了岜扒村。村里面重新修了萨坛，找了人细心照顾、打理萨坛。

岜扒村本来一共有四个萨坛，上寨两个，下寨两个，后来下寨的一个萨坛被挖掉了，于是鬼师作法，把被挖掉的萨坛的萨婆请到现存的一

萨岁堂

个萨坛里一起供奉。现在的岜扒村，现存的萨坛有三个，上寨两个，下寨一个，每个萨坛由不同的房族管理，上寨的由贾家和石家管理，下寨的由潘家和贾家管理。不同的萨坛保护着不同的寨子。

岜扒上寨的一个萨坛是上、下两个寨子共有的，重建于1996年10月27日。这个萨坛被当地人称作公萨坛或者武萨坛，由上寨的石家打理。之所以被称作武萨坛，是因为这个萨坛是专门保佑寨民处理对外纠纷相关事宜的。据说这个萨婆好斗，主管打架、斗牛等与武力相关的事。传说以前村里经常会受到外敌的侵扰、攻击，于是大家一起去祭拜武萨坛。村里的男人会杀猪，放铁炮，对天鸣枪。在祭拜之后，天色突变，乌云密布，烟雾缭绕，从武萨坛旁突然飞出一只老鹰，它会保护侗寨。在祭拜之后，外来的兵不管怎么攻都攻不进寨子。因此，只要有对外纠纷、共同对抗外敌之类的事情，村民都会来祭拜武萨坛，对其特别尊

祭品

祭祀

敬。村里的人跟我说，这个公萨坛里面的萨婆法力是最强的，也是脾气最大的，一些小事不要去烦她，她只处理大事。

村落的 "制衡观" **07**

在侗族的乡土社会，每一个村落都是与家族相关的，一个家族或几个家族构筑起一个村落（聚落），村落就是家族的代名词。村落的格局就是家族的格局，村落的命运就是家族的命运……

在侗族的乡土社会，每一个村落都是与家族相关的，一个家族或几个家族构筑起一个村落（聚落），村落就是家族的代名词。村落的格局就是家族的格局，村落的命运就是家族的命运。

阳烂村坐落在一个低山峡谷中，背靠山脉，面朝河流，是一个典型的山脚河岸型侗族村落。河流自西南向东北环绕村寨蜿蜒流过。入寨处为寨头，出寨处为寨尾，寨头的石墩水泥桥、寨尾的风雨桥守护着村落的"福气"。寨中吊脚楼层层叠叠，鳞次栉比，鼓楼、戏台点缀其间，显得十分庄重，古井、芦笙坪更具特色，房前屋后瓜豆、果木满园，花黄果绿，香气怡人。水流之处，稻禾青青，鱼塘满布，塘上葡萄、瓜豆沿架而垂，白鹅、水鸭在池中嬉戏。这样的村落布局并非天然偶成，它蕴含着侗族独特的民族信仰和审美原则。

村民赞美村寨的风景："摆下四方桌，四方地条凳，四面亲朋坐，听我赞寨子。村脚有三棵参天的古树，村头有三株盖地的乌柏树。乌鸦到此孵蛋，喜鹊喳喳贺喜。鼓楼高耸，顶上盖琉璃，檐下垂玉珠，结实又雄伟。花桥长又长，富丽又堂皇。山清又水秀，胜过别的乡。"

侗族人民按照自己的信仰和审美原则，对地形地貌进行选择，使之更趋于理想中的村落布局。村民总是千方百计地采取人为的方式对不理想的地方进行修补，诸如修桥、立亭、建寨门、栽树、改道、引水等。侗族民众无论是建村立寨，还是起房建屋，都严格遵守这一原则。

阳烂村选择依山傍水的地方作为聚居村落的地址，村民将这种村落格局解释为"坐龙嘴"。村民认为，龙脉顺山脊到坝地或溪流边戛然而止，所止之处就是"龙头"。"龙头"后面必然是蜿蜒起伏的山脉，在这样的水边建寨，就叫作"坐龙嘴"。处于"坐龙嘴"的村寨才能世世繁荣、代代昌盛。村民相信，只有根据龙脉来建寨，并根据龙脉的走势来规划村落的各类建筑以及建筑规模，才可以降伏龙脉、不伤害龙脉，

俯瞰阳烂村

从而使村寨受龙的庇护而福祉不断。

　　阳烂村坐落在"龙头"上。从"坪得哈"绵延到寨背的"冲双妈",一直延续到凹冲过盘美,进入"孟八河"(两河口处),该处就为"龙头"。而阳烂村所处的"龙头"地形又恰似一只展翅欲飞的水鸟(村民称为鱼鸟,也就是鹭鸶)。这是百里不遇的宝地,村民为他们祖先能寻找到这样的宝地而自豪,也为自己生活在这样的村而骄傲。

　　村民对"龙头"的水鸟造型倍加珍惜。村民将村落的设施按照水鸟的头、翅、身躯、鸟尾等不同部位布局,不让水鸟的任何一个部位过

阳烂村的大树和依靠的后山

分承载，以免失衡，水鸟不能起飞，这样会给村民带来不祥。村民们的解释是，水鸟的嘴是十分重要的，鸟的存活是靠嘴来维持的。鸟在起飞时，鸟嘴要往上翘，千万不能承载过重的物体，所以不允许人们在鸟嘴上建筑住房，只能作为耕地，这样就可以源源不断地给水鸟提供食物，使水鸟健康成长。水鸟有五脏六腑，这是水鸟的灵魂所在，是水鸟的核心部位。于是村民把这里作为村民灵魂的安放之处。水鸟的翅膀是最有活力的地方，也是其能够飞翔的动力所在。这就理所当然地成为承载村民的场所，因此村民就集中聚集在水鸟的翅膀上，以期水鸟能带给他们美好的生活。就这样，这只水鸟负载着阳烂人的命运，从过去飞到现在，也将从现在飞往未来。

这水鸟形的山脉，外河山说成是水鸟头，村民认为谁也不能去乱动它，如果乱挖土建造宅第，伤害了鸟头，就可能给村寨带来灾难。如果出现鸡早上乱叫的现象，全寨就要小心防火了。人们认为只要不违反神灵的意志，就能得到神灵的保佑，从而风调雨顺，五谷丰登，六畜兴旺，人人安康，户户安乐。

在村落里流传有这样的故事，大约是在民国初年，当时天下大乱，各路兵马四起。某天，一位将军带领部队从双江（今通道县城）前往广西柳州，经过阳烂村。这时天色已晚，部队准备在此扎营休息一晚,部分士兵已经进入村寨准备休息。而部队的师爷观察了阳烂村的地形后,报告说,不能在此扎营休息,必须离开,另找休息之处。将军不解,师爷便指着阳烂村南面山坡解释说,此山坡呈"品"字形,一品三口,这个"品"字正对着村落,所以此寨多出能人。村落的村民品行端正,若与之为友,则可以成为生死之交,若与之为敌,则因为有三张大嘴,部队不被咬死也被咬伤。如果士兵侵犯村民,恐怕全军都要葬送于此。将军听了师爷的话,决定连夜赶路,穿过南面"品"形山坡,向柳州方向进发。这样,阳烂村避免了一次兵祸。这个故事,尽管没有具体的时间,也没有具体的人物,但是一直在村里流传,深化了村民对村落布局观念的认定。

2001年冬天,村民龙杰、龙彰秀、龙兴领三户挖开山土为宅基地做砖瓦。寨内鸡乱鸣叫,所以村民不准他们三户乱挖。龙杰一户已建起了三层四间木屋,村民勒令他拆掉搬迁。但龙杰已到县国土局办理了手续,怎么办?于是龙杰一户须在一个月内,将新屋装饰一新,这也就为水鸟添砖加瓦,将其打扮得更加漂亮,便可除去灾祸。

还有村民杨健康一户,前几年在龙杰隔壁建起了一座砖瓦结构的新屋,正好是在水鸟的眼鼻上。于是他也在一两个月内将房屋装饰好,搬进新屋,不但使水鸟添翅加翼,而且使整个阳烂村增加了光彩。

村民认为阳烂村的东、西、南、北、中与木、金、火、水、土相匹配。

东方甲乙木。祖先把村落东边的林木作为禁山,也作为村落的风景林,不许任何人砍伐,就连干枝残株也不能随意惊动,是因为祖先相信这些树是村落守护神藏身和显身之所,是村落宁静的象征。村落的风景林就如同绿色的围墙,紧紧将村落包围其中,不受外界干扰。风景林下有行善者设置的石凳或木凳,可供过往的人休息;在岔道的地方还设有若干指路碑,以告示行人正确的去向;还有在道路边建土地祠的。在古树上和地下还常见到人们祭祀神树留下的红布、鸡血、鸡毛和香纸,是村民用来祈求家中小孩易养成人、老人健康长寿、六畜兴旺、生产发达、风调雨顺的。

南方丙丁火。在村落的南边有三座山,呈"品"字形。中间的山笔直雄伟,两边的山紧靠中间的大山,掎角而望。这种"品"字山形据说代表着村落会出能人,但也是村落火灾的源头。所以村民在南方的溪流上建造路桥时特别讲究,桥体不与南岸相连接。村民为了镇住南方的"火",特意在南边的山脚下挖了三个大坑,埋下三个大水缸,意为南方的火秧到此就熄灭了。寨头南边的风雨桥就是依据这一原则修建的。1986年的一场洪水冲垮了风雨桥,第二年村民集资在原址修建了钢筋水泥同心桥。建桥时,村里的"太史"(了解当地文化的老人)龙怀亮在设计同心桥时,按照村落的古训,也没有将桥体与南岸连接,而是特意留出了20厘米的空隙。但即使这样,村民仍然建立了一系列防火措施。首先,村民在村落布局时就划定了隔离带,作为防火线。其次,村落制定了具体的防火公约[1]。再次,村落还安排专人在每天傍晚负责鸣锣喊寨,提醒村民时刻提高警惕,注意防火安全。另外,村民为以防万一,还在村落里挖有12个大大小小的鱼塘和三口水井,有的村民把粮仓和禾晾架建在鱼塘之上,有的村民把住屋建在水塘之上。最后,村民还准备了一把救火的水枪。这些防火措施对村落的防火安全起到了重要作用。这种南方丙丁火的观念对强化村民的火警意识十分有效。阳烂村自建村以来,从来没有发生过火灾,这种观念作用是不可低估的。

西方庚辛金。在村落的西边有两座大山,一座是海拔800米的大容山,村民把它叫作剑山;另一座是海拔600米的君山坡,村民把它叫作虎山。剑山的形状像一把利剑,从西边向村落刺来,村民认为这把利剑将会给阳烂村带来持续不断的灾难。阳烂村的祖先为避祸绞尽了脑汁。首先是在村子的西头修建了一座鼓楼。这座鼓楼建于清乾隆五十二年（1787年），只有两层，在主鼓楼的正东方（鼓楼的后部）还特意修造一座楼亭，基地高出主鼓楼70厘米，以稳稳地支撑主鼓楼；在主鼓楼的正西方又建造了一座龙头式建筑物，并将龙口涂上了红色，意为祥龙时刻张开着大嘴，一旦剑山之灾侵害村落时，龙口就可以将剑咬住，保佑村落平安。西边的虎山也会对村落构成威胁，好似虎视眈眈，伤害阳烂村的人畜。为了镇住虎山，阳烂村的村民在修造鼓楼时，在鼓楼的正西方设置了两头石狮，若虎山的老虎下山作恶，这两头狮子便可制伏恶虎。

北方壬癸水。水对村民来说具有特殊的意义，被认为是财源、吉

河边鼓楼

利、干净的象征。若是能够把北方的水引入村落,村落就获得了财源、吉利、干净。阳烂村为了让北方的水流入村内,在村落的北边修建了一口大水井和连片的鱼塘,人工挖掘出了一条水渠引水入村,这样就使北方的水源源不断地流入村落。村落本身就有14处天然水井,加上来自北面的流水,形成了17个鱼塘,错落有致地散布在村落里,使阳烂村成为一个水域的世界,并被称为侗族地区的"威尼斯"。

中方戊己土。土在村民的观念中是万事万物生长的依靠,不仅是植物庄稼生长的基础,也是社会关系建立的基础。在阳烂村,其先民在规划村落布局时,就在村子的中央专门拓出一块平地,作为活动的公共场所——芦笙坪。这不仅是村民祭祀"司火南岳"的场所,也是村民接待外地客人并与其进行交谊活动的场所。村寨每年两次的"行年"(春节

祭祀南岳大王

和吃冬）的集体互访活动——芦笙盛会便在这里举行。在芦笙坪里还专门嵌有石刻的鼠、马图案。客访芦笙队的芦笙客在黑夜跳芦笙时，脚要踩到鼠、马图案，这叫"跳子午"或"踩子午"，凡是能够踩到"子午"的后生，就会被姑娘看中。因此，这不仅是后生展示自己跳芦笙技巧的机会，也是博取姑娘爱心的机会。男女爱情就是在这村落中心的"土"中萌芽生长，由此获得人丁的兴旺、民族的延续。

动物图案

　　从上述描述中可以看出，村民的观念是层次分明的。首先是从山脉与河流的走向来确定龙脉的位置，其次是确定村落的布局，再次是规划村落的建筑设施，最后是根据村落的建筑来确定具体家屋的位置。

　　这种不同层次的布局意识构成了侗族的村落建设观念，同时也透视出侗族社会的社会结构。在侗族社会中，个体甚至单个的家庭并不是十分重要的，最重要的是村落的联合。村落是完美的，家族也就是完美的，一旦村落有了缺损，家族也将会有不幸。生活在村落的每一个成员，为了家族的命运而要竭力去维护村落的完美与安全。

注释

[1] 1990年7月制定的《村民防火公约》：一、安全防火是大事，护山护寨都有责，村寨落实防火员，家家户户接受监督；二、村寨防火线不准占用和堆放易燃物，油榨、酒坊、烧砖瓦、烘烤等业要设在安全处；三、火塘、炉灶要安全，不得拿油灯上床看书、烧蚊子，不准拿火盆、火笼取暖睡觉，不准把炭火放进易燃物，不准乱丢烟头，生产用火坚持"五不准"，做到人离火灭；四、教育孩子莫玩火，燃放爆竹要小心；五、电器线路要安全，不准私拉乱接和超负荷用电；六、发现火警火灾要及时呼救，不误时机；七、违反公约者，视情节轻重进行处罚。

Agricultural
Heritage

占里管寨的"五老"

08

占里开基为吴姓，吴姓祖先分为"五公"或者"五兜"，即兜得、兜侯、兜闷、金唐、闷基5个房族。每个房族都会由一位"大家长"管理，权责相当于族长。至今管理村落仍然由"五老"来主持……

占里开基为吴姓，吴姓祖先分为"五公"或者"五兜"，即兜得、兜侯、兜闷、金唐、闷基5个房族。每个房族都会由一位"大家长"管理，权责相当于族长。至今管理村落仍然由"五老"来主持。

在占里，寨老由多位老人担任，我们调查到的寨老就有5位。他们分别是吴玉标、吴仕龙、吴昌贤、吴明珍和吴国高。

吴玉标，男性，1932年生，年幼时家中以种田为生（据老人口述，父母辈种田一家一年可收一万斤谷子），小时候上过私塾，年轻时在和平乡（今高增乡）当过乡长，1956年加入中国共产党，1984年退休在家。因为吴玉标文化水平高，能够理解村规民约，在外工作经历丰富、眼界宽，且能够全面思考问题，处理问题秉持公平公正的原则，所以村民经常请他处理问题，主持公道。久而久之，吴玉标在寨中树立了一定的威望，成为公认的寨老。

寨老（一）

吴仕龙，男性，1933年生，上了8年私塾，20岁参加工作，当过乡长和区长，1972年回乡之后在村中安居。吴仕龙不断进取，尝试过很多工作，如发电工、木匠、银匠等。吴仕龙文化程度高，见识广博，待人热心，回乡后更是致力于村中的公共事业，受到村民推崇，成为公认的寨老。另外，吴仕龙自幼与其太爷爷学习鬼师之术，故身兼寨老与鬼师双重身份，现在因年迈，便主要倾向于鬼师的身份了。

寨老（二）

吴昌贤，男性，1934年生，原来在和平公社上班，55岁退休居住在占里村，村委会认为他是退休干部，可以协助处理相关事务，所以村干部经常会与他商量。充满责任感的吴昌贤义不容辞地参与村务事宜。

吴明珍，男性，党员，1948年生，长期从事医疗卫生工作，2000年从卫生所退休。退休之后，他热心公益，因为村内医疗卫生条件有限，他就在家看诊，开的都是适合老百姓的药品，解决民众看病远、看病难、看病贵的问题。为帮助村民解决生活用水，他带头改造自来水，让民众生活更便利。同时，他还协助村委会搞纪检工作，对村中大事小事进行全程监督，确保惠民政策落到实处。吴明珍一心一意为民众服务，切实解决民众生活医疗问题，获得民众的一致好评，成为公认的寨老。

吴国高，男性，1953年生，有一定的文化，能够灵活处理问题，从1973年开始从事兽医工作长达20年。村民十分信赖他，村里的牲畜遇到问题村民都会请他医治。长时间的工作经历丰富了他的阅历，也使他积累了较高的人气。2000年，通过群众选举大会，吴国高当选村主任，2005年退休。退休之后，村委会召开会议时仍邀请他作为寨老出席，共同商议大事。村民遇到问题也会请他出面解决。

我们在调查中，对如何成为寨老很感兴趣，询问了村里的很多人，

寨老（三）

寨老（四）

他们都是以具体的事件与人物来回答。我们概括起来，认为寨老必须是为人正直、办事公道、熟悉款约，通过长期从事调解纠纷的工作积累了经验、树立了威望的人。寨老还必须有文化，有远见卓识，能说会道，眼界开阔，随机应变，灵活处理问题。堪担大任者，在成为寨老之前可以通过乡老这一身份积累经验、拓宽视野、丰富阅历、扩大名声与威望。具体而言，寨老必须具备如下三个条件：第一个条件是寨老必须是男性。第二个条件是必须经过乡老这一身份的锻炼，青壮年男性虽有力气，但是脾气急躁冲动，知识经验积累不足，遇事考虑欠周全，在村民心中的威望也不够，无法成为寨老。但是青壮年男性可以跟随寨老观摩学习，积累一定的声望之后再担任负责调解纠纷的乡老，遇到无法调解的问题可以向寨老请教，增加实际操作经验。随着年龄的增长，经验阅历逐渐丰富，无形中就有了较高的威望，自然就成为寨老担任者。第三个条件是需要有一定的能力，包括应对各种场面，拿出妥善解决方案的能力；能够为村落寻找发展之路的能力；对村与村之间的事宜能够拿出正确的策略并号召民众集中力量办大事的能力。

寨老以管理村寨、帮助民众为使命。每位寨老的地位都一样，没有寨首，遇事会共同商量，民主表决。唯一存在的问题是某位寨老的公信力强于其他人，但都是相对而言，没有绝对的强权。村民对寨老的信服都是对事不对人，寨老在处理某件事情时较为妥当，其公信力就好。村民也会传颂某位寨老在某件事上处理有方。如果是一位寨老提出建议，其他寨老一同商量得出结论，所有寨老都是功不可没的，村民都会感谢他们。

如果寨老出现意见分歧，就会根据少数服从多数的原则做出决定。寨老通过讨论得出较为妥当的提案，然后进行表决，或支持或反对，表达自己的想法，经过一番激烈的讨论之后，基本上能够得出结果。倘若五人意见都不一样，就会召开群众大会，听取民意，通过民意表决来决定是否实行。

2016年8月3日下午，偶然间听到广播通知：今晚8点在村委会召开会议，请寨老、党员以及相关拆迁户参加会议。广播每隔一段时间就会重复播送。晚上，快到8点的时候，广播开启循环播送模式。我们到达村委会的时候，部分寨老已经到场，村干部在准备开会用品。开会的时候，副乡长和两位驻村干部面向大家坐在最前方，寨老集中靠前坐，共同讨论拆迁户的相关问题。

村委会在尊重地方文化的基础上，认可寨老的身份，邀请寨老共商大事。在村委会的领导和主导下充分发挥寨老的传统权威性，使寨老仍和以前一样发挥效用。

在村民的心中，寨老仍是神圣的存在。在盟誓等仪式中，寨老的神

村委会召开会议

圣身份是无可替代的。自古以来的传统，寨老——村寨的管理者、神圣权威的拥有者，必须在重大场合发挥主心骨的作用。目前，寨老的主要职责有订立村规民约、主持"盟誓节""斗牛""祭萨"等集体活动。

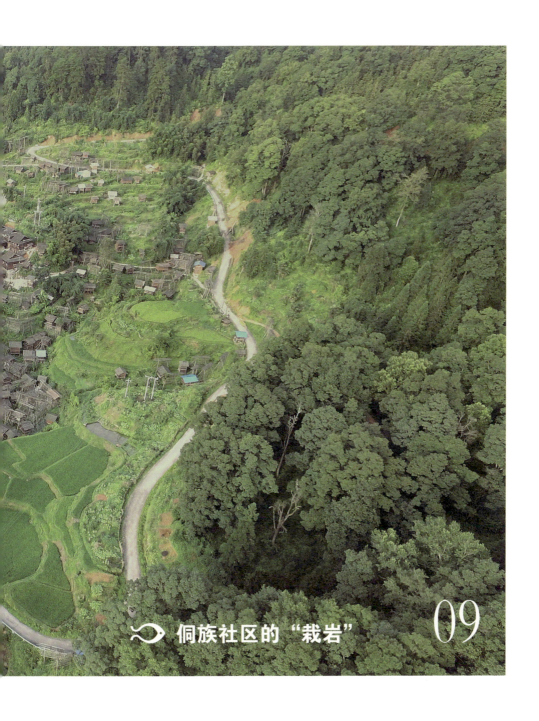

侗族社区的"栽岩" 09

"栽岩"也称为"埋岩""竖岩"。它是确认侗族社区范围的一种认同仪式,又是侗族习惯确认资源边界的一种标识。在黄岗,村落与村落之间、家族与家族之间、家户与家户之间的地界,都是通过"栽岩"加以确认并得以稳定延续的……

　　不论是传统社区，还是当代社会，资源边界的稳定都是资源有效
配置的前提，也是社会有序运行的基本保障，更是人们能够安居乐业的
制度性支持。然而，不同文化的社区对稳定资源边界的策略是不尽相同
的。在侗族乡村社会中，为了稳定资源边界所采用的文化策略就是在边
界"栽岩"。

　　"栽岩"也称为"埋岩""竖岩"。它是确认侗族社区范围的一种
认同仪式，又是侗族习惯确认资源边界的一种标识。在黄岗，村落与村
落之间、家族与家族之间、家户与家户之间的地界，都是通过"栽岩"
加以确认并得以稳定延续的。要使"栽岩"定界有效，前提是必须得到
当事各方的公认，这就需要举行庄严的公认仪式。实现其公认性的手段
是通过神圣而庄严的仪式，即在举行隆重的合款仪式时，埋下一块石头
代表大家订立的各条款规生效。这一标识一般是一块长条形的石块，尺
寸并无具体规定，可以大小不一。它是在参加合款的各村寨、家族、家
户代表同意后竖立的见证物。

　　"栽岩"是神圣的社区行为。寨老吴佩云告诉我们："'栽岩'
时，不仅要请与之相关的寨老参加，更要请侗族社区里能够通神的'祭
司'，去邀请历届的祖先（灵魂）前来参与。在活动中最为重要的环节
是，经过寨老们，或者款首[1]们商议所达成的款规，要由社区'祭司'

栽岩（一）

栽岩（二）

栽岩（三）　　　　　　　　　　　　　　　　　栽岩（四）

禀告祖先。然后宰杀公鸡，将鸡血浇淋在准备埋下的石头上。最后将淋有鸡血的石头，埋到当事各方公认的山林、田土等的分界线上。"所埋的石头可以是青石，但更多的是白石（水晶岩），还可以埋木炭。只要它能够稳定存在，对款规的神圣性和长存性能够发挥见证和象征功能即可。

乡民认为，这些用鸡血淋过的石头或木炭已经获得了灵性，是不可随意移动的，一旦触犯，肇事者必将招致败家、绝后之祸。而只有双方发生争执时，在村落的祭司、寨老或款首的监督下，才可以挖出所埋的石头或木炭取证，以此判决当事各方的是非曲直。因此，一旦栽下了石头，土地的权属关系也就得到了当事各方的一致公认。之后，侗族习惯法获得授权，可以严厉惩处"移动界石"的不法行为。其目的是保护社区、家族、家户等不同层次之间的资源权属关系。这种形式的"栽岩"，其功能相当于侗族社区公认的"土地法"。

与"栽岩"的宗教仪式相对应，是伴随"栽岩"的款词，这二者相互佐证。款词的核心内容意译如下："屋架都有梁柱，楼上各有川枋，地面各有宅场。田塘土地，有青石作界线，白岩作界。山间的界石，插正不许搬移。林中的界槽，围好不能乱刨。不许任何人，推界石往东，易界线偏西。这正是，让得三杯酒，让不得一寸土。山坡树林，按界管理，不许过界挖土，越界砍树。不许种上截，占下截，买坡脚土，谋山头草。你的是你的，由你做主；别人的是别人的，不能夺取。屋场、园地、田塘、禾晾，家家都有，各管各业，各用各的。"另一段款词也可以与之相互印证："说到山头坡岭，田土相连，牛马相聚，山林地界，彼此相依。山场有界石，款区有界碑，山脚留界石，村村守界规。不许任何人，砍别人的树木，谋别人的财物。"类似的款规、款约或者唱词流传于整个侗族社区，对所有侗族人都具有不容争辩的约束力，以至于社区的边界不仅是竖立在地上，更是竖立在他们的心中。只需剖析黄岗的实情，就可以感悟到侗族人内心深处"界石"的稳定与神圣。

在黎平与从江交界的黄岗，山峦起伏，沟壑纵横，山连山，土接土，外人看不出任何的界线来，也不见任何明显的地理分野标志，但在黄岗人心目中，山与山、土与土之间的分界清楚、明晰、准确。在他们的心目中，山、土之间布满了密密麻麻的分界线，既有与外村落的分界线，也有本村落家族之间的分界线，还有家族内各家户之间的分界线。即使是公山，也具体落实到特定家族或者某些家户。也就是说，在黄岗，根本不存在权属不明的"公共地"。其实，在人类生存的地理单元中，本来就没有什么"公共地"，西方学者所说的"公地悲剧理论"，在黄岗其实只是一种面壁虚构而已。

通过神圣的"栽岩"仪式和乡民之间的款词背诵、传播，最终使得这里的每一寸土地都各有其主，称为"公山""公地""公共鱼塘"，甚至是"公田"的不动产，其实都各有其主，只不过它们的主人不是个人，而是具有共同权责义务的个人聚合而已。其中的个人与个人之间，在权责义务上还有所不同，所谓的"公山"等，事实上仅仅意味着它是多个主人按侗族习惯法领有和使用,而绝不是任凭一切人自由进出的无主空间资源。在黄岗,它们被称为"公",仅仅是指相关资源由多家户共同管理和分享。因此,在黄岗从来就不可能发生"公地的悲剧"。

为了确保"栽岩"确定的地界具有不容置疑的准确性,并能在发生地界纠纷时兑现当事双方都能获得公认的合理性和公正性,在征得黄岗寨老的同意后,我们抄录了以下碑文的部分内容。

碑文一

立议条规为七百大小村寨齐集开会誓盟合志同心,事为因围山垅上抵自洞丈,出岑告寨,中过岭,来彭落登脉上,扒店与四寨公山,下抵自石鼓庶、上纪天,出水杂、上弄、述下、纪棚、孖过、勾留、流破,过向仑,出到勾栏,与小黄、占里交界,自公议公山之后,不得生端,七百大小村寨不拘谁人埋葬,不得买卖之,故随心随葬后,尚有谁寨私卖与别人,七百查出,罚钱五十二串,如有某名私买私卖者,一经查出,罚钱十二串,尚有别人占霸我等公山,六百小寨必要报明示众。我等七百首人务要同心协力,有福同享,有祸同当。今天天敌誓盟公议,以免后患,永保无虞,所立此碑,永垂不朽。

> 七百首人老三、老翻、老到、龙林、老第、老银众心立碑
>
> 道光二年七月初十日

碑文二

立议条规为黄岗寨齐集关合七百苗寨[2]山场管理黄岗寨分管下山场地界之立碑。

黄岗寨山场管下地界:从地名光略到登交,上到光弄王,随过光纳

岭，过到告起定，下到天起义，随上地油当，过到登公乐，过起述大田二坵田埂边，过到光卡守，往左下到规河口，随下河水到扒弄养，下到规贯河岔，过起托半坡，下到归密中寨，河水上到扒真为止，断落黄岗寨管下。

望我子孙万代传口线界之碑，永远遵照。

七百首人龙林、老弟、老三、老到同心立碑
道光二年七月十六日

碑文三

立议条规为黄岗齐集关合七百苗寨山场管理，黄岗寨分管下山场地界立碑。黄岗山场管下地界：从地名光略过到登交，上到光弄王，随过杠纳岭，过到告起定，下到天起议，随上地油当，过到登公乐，过起述大田二坵田坎边，过到光卡守，往左下到规垂河口，随下河水扒弄养，下到规贯河岔，过起托半坡，下到规密、中集，河水上到扒真为止。断落黄岗寨山场管下，望我子孙万代口传，践界之碑永遵照。

七百首人龙林、老弟、老三、老到同心立碑
道光二年七月十六日立

这三块碑文都刻于清道光二年（1822年），且有两块是刻于同一天（七月十六日），而另一块则在此前六天已经刻好。碑文二与碑文三内容基本相同，仅侗族语言译为汉字时稍有差别。据此可知，这三块碑显然是当事各方在专门合款达成共识后，将确定的公认边界一次性刻成碑石，以志永远。

在调查中，我们发现，在这一时期，黄岗以"七百苗寨"之首的资格与所在地的"千三款"各村寨举行了庄严的合款仪式。这次合款的目的就是确定相互的边界。这三块碑文就是这次合款中，当事各方公认边界的见证。从道光年间到1982年的160年时间里，人们一直按照这次划定的边界管理各个村寨的资源，这三块边界碑就成为黄岗与周边村落的资源"权属法"，规范着人们的行为。

2000年，贵密村与黄岗村发生了一场山林纠纷，地点在"三岭三坳"[3]。在处理这场山林纠纷时，当地政府把两个村寨的寨老集中起来，根据界碑的记载与款词的记录，让双方协商解决。在边界的款词和相应的界碑中，均有"三岭三坳"地方归属的明确记载。当地政府和寨老以此为依据，并实地踏勘了当年制定款约、划定界线的"栽岩"，从而解决了此场纠纷。为了验证这次纠纷处理的真实性和合理性，笔者也实地踏勘了当年埋下的"栽岩"。

我们通过对这三块碑文内容进行核定，并在2007年5月3日与2011年5月2日两次邀请寨老吴佩云背诵《七百生苗边界》的边界款词，将两者比对发现一字不差，与所指定的地界完全吻合，仅在侗语汉译时的记音文字略有差别，但这并不妨碍村民对其边界的认同。

2007年、2010年、2011年，我们三次到黄岗进行调查时，都访问了当年与黄岗发生过山林纠纷的村落的寨老和普通乡民。他们谈到了1982年曾发生过的山林纠纷处理。1982年，独洞与黄岗发生山林纠纷，与黄岗交界的占里、四寨、伦洞、龙图等寨的寨老都曾出来做证，以古老的款约为依据，认为所争执的林地属于黄岗。当时，当地政府将1000多亩[4]林地判给了独洞，理由为黄岗山林面积大。独洞人指责自己的寨老没有帮独洞人说话。可是寨老们都说，这是《七百生苗边界》边界款词的规定，有"栽岩"做证，无法袒护哪个村落。寨老们的做法得到了所有侗族社区的认同。

2001年，黄岗村为了修一条通往耕作区的乡间简易公路，需要从"栽岩"处通过。相关村寨的村委会和寨老们讨论后，认为不能移动"栽岩"，必须绕开"栽岩"。最后，当事各方都支持公路改道修建，以确保"栽岩"的神圣性和权威性，因此将公路改道。黄岗人没有计较自己吃亏，主动回归传统，同意和支持公路改道，维护了"栽岩"的神圣与庄严。

黄岗为维护资源边界的稳定，以"栽岩"予以保障，体现了侗族人的生存智慧。资源领有的长期稳定是侗族人和谐生计得以稳态延续的基础。黄岗村对村落、家族与家户之间边界的认同，以及社区成员对边界权责义务权威性的认同，最终使得"栽岩"和合款所确认的资源权属关系成为一种无文字的契约，得到社区成员的共同遵守，规约着社区每一个成员的行为。

黄岗在社区规序的维持下，共享着社区、家族和家户三个不同层次之间的社会和谐，因而有余力从容地展开资源的人为再配置，使整个黄岗社区的资源配置服务于侗族乡民的传统生计。在高效利用资源的同时，又实现了对资源的精心维护。黄岗侗族的社区规序，虽然没有可以在各地流播的文本，但这种一诺千金的款规，同样可以营造人地关系的和谐。本个案涉及的范围虽小，但却揭示出民族文化潜力的广阔前景。

对于侗族社区的整体规序而言，个人追求什么样的具体目标并不重要，关键在于家族的整体利益是不能被损害的。从特定层面上讲，个人利益和个人目标，最终只能在家族整体利益和目标得到实现之后，才能得以实现。由此可见，把个人行动整合进社区成员共同凭依的社区规序，就其本质而言，并不是要彰显个人行为的自由，而是要表明个人行为必然要受该社区内部文化规序的支配和制约。社区规序的设置、执行、监督和再调整，都是民族文化规约下的产物，而对人口容量、资源和民族生境的节制，又须以社区规序为调节枢纽，因而侗族社区规序的设置无论其内容、运行方式，还是运行的目标，都与其他民族不同。其有效性只能立足于侗族文化去做出评估，而评估的结论又可以在不同的民族中实现沟通与共享，因为任何一个民族的制度建设具体到对生态环境的维护而言，都不要求对原生生态系统做到一成不变，而是要按照民族文化运行的需求，实现对生态环境的改进，具体表现为该民族的生境。然而，任何一个民族内部的规序建设在效用上都是等同的，都是资源的高效利用与生态环境的精心维护相兼容的结果。

注释

[1] 款首：侗族传统社会有合款订约的习惯，也叫"款组织"，款首是该组织的领袖。

[2] 七百苗寨：指从江县的桥里、岜扒、占里、党口、光硕、务送、弄盆、摆娘村和黎平县的岑告、反比、黄岗村。黄岗为"七百苗寨"之首。

[3] 三岭三坳：贵密与黄岗发生山林纠纷而"栽岩"的地名叫"三岭三坳"，埋有一块三棱形的石头，高75厘米，三条边长分别为83厘米、52厘米和38厘米，石头的三角分别指向一岭两坳，作为两寨山林的分界。

[4] 1亩约等于666.67平方米。

侗族社区的"多标" **10**

"多标"是侗语，其含义是放置标识或设置标记的意思。在侗族乡民中，这一语词的含义在于通过设置标记以节制与规范不同人的生产与生活活动……

　　"多标"是侗语，其含义是放置标识或设置标记的意思。在侗族乡民中，这一语词的含义在于通过设置标记以节制与规范不同人的生产与生活活动。"多标"是一套物化的信息系统，设置"多标"是要发送特定的信息，看到的人经过解读，从中明白了设置人要传达的信息，结合相关的款规、款约后，再采取符合款规、款约的行动，使款规、款约的执行真正深入到每一个侗族乡民的每一项生产生活行动中。

　　侗族的"多标"名目繁多，用途很广，往往一件用具，一个细小的物件，一种或多种植物都可以作为"多标"的标记。有用生产工具置于寨门的"寨标"；有用柚子叶挂在门口的"门标"；有用青草扭成田螺形状，放在青年男女约会地点的"约标"；与稻鱼鸭生产最直接相关的有"田标""水标"等。这些"多标"对乡民行为节制的内容极其复杂。若不是长期生活在侗乡，人们往往会忽略这些标记的存在，如果碰

今日的村规民约是古代款约的变迁和延伸

"多标"（一）

上了这样的标记，也往往无法准确地理解要传达的信息，因为这些标记传达的信息是在社会生活中长期磨合积累起来的。"多标"获载的信息，与标记所用的材质、形状、放置的位置紧密相关。需身临其境，熟悉当地侗族乡民的生产生活规律，并经过指点才能准确地把握标记所要传达的信息。

　　"多标"所用的材质往往都是就地取材，而且与要传达的信息有较大的关联性。比如，"田标"是在选定的地块上随手捡起三根茅草，绾成一个空心结，茅草的秆和穗在同一个方向，茅草秆的中部形成一个圆环，然后在地上插上一根树枝，将草环挂在枝丫上。其他乡民看到茅草穗朝下，就明白这块地需要启用了。"多标"的形状也是传达信息的重要载体，比如青年男女约会的"约标"，就是要用茅草绾成田螺形状，放置在岔路口，人们从形状上就明白了有人想单独约会，不要从直路走过去，而要绕道。而"田螺"尖端的指向则是约会的地点。

"多标"放置的位置也有讲究。为了使"多标"更加显眼，禁止通行一类的"多标"，在设置点的安排上都有章法可依。大致而言，不该出现的位置出现了特定的事物，就能很自然地形成一种"多标"。举例说，将农具放在大路口，其含义就可以理解为，今天不在田间劳作，而在寨中休息。又如，将青绿柚子树叶插在寨门口或某个家户的大门口，由于所处位置偏离了自然状况，因而这样的"多标"就承载了禁止通行的含义。另一种与农业直接相关的禁止性"多标"，是将小树干横着固定在两个木桩上，横杆离地仅有50厘米。这是一种"禁标"，意味着人可以通行，但禁止像牛这样的大牲畜通行。因为在岔路口设置的这种"多标"，标志着这条岔路通向农田，农田里的庄稼已经长高，牛通行时会损害庄稼，因而禁止牛通行。放牛的人看到这样的"多标"就得改道放牧，直到收割完毕。

"多标"的应用在侗族稻作农业生计中的稻鱼鸭系统中也至关重要。稻鱼鸭系统必须准确地把握三种生物物种的生长节律，实施精确的调控。但实际上，要做到精确调控存在着诸多困难。出于精确利用好每一田块特性的考虑，侗族人所种植的糯稻品种极其复杂。不同的糯稻品种不仅生长样态有别，种植期、生长期、收割期也各不相同。种植经验表明，阳烂、黄岗、占里、小黄等村寨插秧的区

制作"多标"

段前后相差长达一个半月到两个月，正在插秧的田块、等待插秧的田块以及已经返青的田块都毗邻存在。其中，刚刚插秧的田块不能放鸭。放养鸭群的村民就要特别注意了，如果没有明确的标示，就不能采取正确的行动了。

在我们的调查中，仔细分辨了与此相关的三种"多标"。其一，在田中插一根1.5米左右的木棍，木棍的尖端捆上青草和鸡毛扎成的实心结，这就是禁鸭标记。鸡毛意在提示禁止放养的类别是禽类，青草意在提示已经有农作物正在生长。放养鸭群的村民看到这样的标记，就会把鸭放到其他田块，既不影响放鸭，又不扰乱秧田。村民的劳作由此获得了和谐与兼容。其二，"多标"若设置在刚刚插完秧的田块边上，其做法是有意将插秧后没有用完的20多根稻秧捆成一束，放置在靠近田坎入口处的田角上，提示放鸭人注意，稻秧没有返青，不要放养鸭群。放养的村民就把鸭群赶到没有这一标记、已经返青的稻田中去放养。其三，稻秧需要"多标"去提示生长季，鱼苗放养也要借助"多标"。由于鱼苗放养的时间比插秧要提前，已经放养鱼苗的田块与没有放养鱼苗的田块也会在相当时间内毗邻存在，哪怕是雏鸭群也会对刚刚放养的鱼苗有危害，这就需要在放养鱼苗的田中插上一个草人，表明鱼苗已经进田，放鸭的人不得把鸭群赶往这一田块。

上述三种"多标"是由每个村民根据需要在春种季节而设置的。每到秋收时节，由于各个田块的收割进度也会拉长到两个月左右，已收的田块与未收的田块并存，已捕鱼的田块与尚未捕鱼的田块也会并存。为了协调放鸭、放牧与收割的关系，也需要设置"多标"。最常见的一种"多标"是在稻鱼已经收完的田块中，特意留下三穗稻谷，使其呈三角形排列，高高地耸立在田块中。这样的"多标"意在通知其他乡民，这块田不仅可以放鸭，而且还可以放牛。至于田鱼越冬的泡冬田块，则

"多标"构成了村寨内外的文化界限

要靠双重"多标"警示，一是要将越冬的鱼窝修葺一新，二是要插上草人，表明这块田已经移入了鱼苗，不能放鸭了。

除了村民自己设置"多标"，还有一些"多标"是为整个社区设置的。在黄岗，"活路头"至今还直接发挥着组织生产的功能，而"开秧门"是必须主持的一项关键性礼仪。礼仪完成后，就必须在举行礼仪的那块田块，也就是"活路头"自家的田块中特意选定的一块田，象征性地插上呈三角形排列的三株秧。这样的三角秧标，既是"开秧门"礼仪结束的标记，也是村民陆续开始插秧的信号。看到这样的"多标"后，所有的村民都会注意在放鱼苗、放鸭、插秧时观察各个田块中的其他"多标"，以确保每个村民的每一项劳作都不会妨碍他人的劳作。除了在田中需要设置三角秧标，由于这些"活路头"是分属不同房族的，而各个房族"开秧门"的时间又有差异（可以提前或者推后12天），且各个房族的田块又是毗邻分布的，鸭群却可以跨房族放养。因而，"开秧门"礼仪结束后，"活路头"还要将一束稻秧挂在自己家的大门口，这也构成了另一种"多标"，意在提示其他房族的成员，在放鸭时进入该家族田块必须留意，不要干扰该房族的生产作业。

当然，"多标"要行之有效，须借助寨老的教化，通过教化可以使村民心正，一心为公益事业做贡献。但光心正还不行，社区和谐生计必

"多标"（二）

须追求精确化。稻田、糯稻品种、稻鱼鸭系统、林木、间作作物等复杂多样，乡民不可能全知尽晓。即使正了心，由于知之不全，行未必能都"正"，这便需要仰仗"多标"去传达精确的具体信息，引导所有乡民行正，以此维护社区和谐生计模式的有序运行。由此可见，"多标"是教化的必然延伸部分，也是必需的辅助手段，最终确保所有村民能够心行一致。

为控制人口而"盟誓" 11

为解决人口过快增长与土地需求之间的矛盾，占里寨老将祭祀、侗族大歌、民约结合于一体，形成以控制人口增长为主要内容的寨规，选定每年农历二月初一和八月初一为盟誓日，对石盟誓，用侗族大歌宣唱寨规这种形式构成了占里朴素的人口生育观，也实现了人与自然的和谐相处……

我们调查的从江占里侗族自然村落，被誉为
"中国人口文化第一村"，创造了中华人民共和国
成立后两项令世人惊叹的零纪录：一是人口自然增
长率几近为零；二是刑事案件发生率为零。

占里村坐落在深山密林中，是一个植被良好、
民族风情浓郁的美丽侗寨。村外苍山叠翠，门前流
水淙淙，一幢幢吊脚楼错落有致，鼓楼、风雨桥尤
为醒目，小河边十几米高的禾晾架上在秋收的季节
里挂满了金色的糯稻。走进寨子，从路两旁的木楼
缝中散发出的腌鱼香伴着糯谷香扑鼻而来，让人感
到新奇，又觉得亲切。

据当地村民介绍，占里人的祖先为躲避战乱，
在1000多年前由广西的梧州迁徙而来，他们溯都柳
江而上，最后在这里定居下来。

占里人历来团结和睦，互敬互助，他们劈山开
田，创建家业，过着祥和的生活。其人口由最初的
5户，很快发展到百余户。由于人口的过快增长，
能开垦的山土几乎都被开垦尽了，和睦的大家庭开
始出现争田斗殴的现象，子孙们尝尽了人多粮少、
忍冻挨饿的苦头。于是占里人的祖先不得不理性地
思考村民未来的生存问题。据村中老人介绍，最先
提出控制人口增长的是清朝初期一个叫吴公力的
人。他召集全寨村民在鼓楼开会，给子孙们订下了
一对夫妇只允许生两个孩子的寨规。这一寨规在占
里一直沿袭了数百年，至今还未有人违反过。村民

占里侗寨

占里古歌中的生育文化内容

会在鼓楼听寨老训诫，并用侗歌传唱寨规；青年男女行歌坐月时，也被要求先唱控制人口增长的歌，确保这一习俗一代代地延续下去，传到每一个后人心田。如"一棵树上一窝雀，多一窝就挨饿""崽多了无田种，娶不了媳妇；女多了无银两，嫁不出姑娘""人会生崽，地不会生崽"等，歌词含义深刻，给人以无尽的遐想与启迪。

在占里，最重要的订约就是生育款约。生育款约规定，有50担稻田的夫妇可以生育两个孩子（一男一女），有30担稻田的夫妇就只准生育一个孩子，按占里的田土和产量计算，每对夫妇最多只能生育两个孩子；在财产的继承权上，男女保持平等，男孩继承父亲的遗产，女孩继承母亲的遗产。这一主张被提出来后，经过全寨人的讨论同意后，于农历二月初一在鼓楼坪杀猪吃肉，喝鸡血酒盟誓，正式立下寨规：一对夫妻只能生两胎，一男一女，绝对不能超生。寨规使占里村几百年来保持着人口零自然增长率，即全村家庭户数控制在180户左右。

占里村 1959—2013 年人口数据变化情况

　　为解决人口过快增长与土地需求之间的矛盾，占里寨老将祭祀、侗族大歌、款约结合于一体，形成以控制人口增长为主要内容的寨规，选定每年农历二月初一和八月初一为盟誓日，对石盟誓，用侗族大歌宣唱寨规这种形式构成了占里朴素的人口生育观，也实现了人与自然的和谐相处。

　　每年农历二月初一这天，占里村男女老少齐聚鼓楼，面对鼓楼旁边的盟誓石盟誓。寨老、鬼师与象征12位大将[1]的后代展演盟誓仪式。首先，由众寨老推举一位寨老作为主持人，这个推举过程一般在仪式开始之前完成。待村里所有参与人员到达鼓楼坪后，12位大将后代围在祭祀台周围，围成一个圈，把猪血盛在碗里，放在祭祀台中央，猪头与猪尾摆在两边。12杯血酒与12杯青茶摆在12位大将后代的面前，串串肉也依次摆在上面。村民们在外围观看，仪式正式开始。

一切准备就绪，寨老率乡民盟誓：

天说天高天会变，地说地大踩也陷；石头硬朗不会烂，祖宗条约记心上。

战袍刀枪摆合上，猪牛当着堂面杀；肉食共吃血共饮，巫师寨老同见证。

男女老少聚一堂，祖宗条约记心上；喝下血酒义守信，人人心知肚更明。

先有鼓楼后有寨，先有侗寨后有家；要像鸭脚连成块，莫像鸡爪分丫权。

十人同行人见怕，一牛独行穿鼻拉；客家自有客家理，侗家更有侗家规。

生崽也要按计划，夫妻只生两个好；不守条约多生子，财产充公驱全家。

谁家不信违民约，苦果自会交给他；最轻一家离侗寨，重者全族无居处。

喝了血酒发盟誓，只为人人管好家；大家人人来遵守，占里繁荣世代夸。

最后寨老宣读村规民约，村民应声说好，然后参加盟誓的12位大将后代一起饮血酒盟誓，发誓都要严格遵守寨规，不违背。

在盟誓中，人们对盟誓具体的内容虽然也关注，但更关注盟誓的仪

盟誓现场（一）

盟誓现场（二）

《对石盟誓》的文字记载

式过程。村民将仪式作为盟誓的文化表象，并通过关注仪式，将盟誓内化为自己的行为与精神。在村民看来，盟誓的仪式超过了盟誓的内容，村民对盟誓的内容早已心知肚明，而仪式过程所演绎的神秘性，展示了盟誓的正当性、全民性与权威性。

2015年7月，我在从江岜扒做田野调查时，目睹了合款立碑的仪式过程。该聚落的上届款约是1983年签订的，经过30多年的发展，原来的款约难以适应现实的需要，于是在5位寨老的商议下，决定在2015年8月18日合款立碑。这次合款立碑得到了当地政府的支持。不仅祭祀用猪是当地政府花钱买的，还派了县宣传部长和镇党委书记亲临现场，表示重

盟誓

视与祝贺。

当3位鬼师引领着5位寨老慢慢走向立碑地点时，全场哑然无声，连小孩也不闹了，只听见风吹树叶的声音。在场的男女老少都在凝视鬼师的一举一动，倾听鬼师的喃喃念词。整个过程庄严肃穆，持续了一个小时。在这里，我与乡民一样感受到鬼师的神圣性，感受到款首的威严性。乡村社会事件一旦具有了神性，大家都会遵守。而这样的神性都是在特定的时间、特定的场景、特定的人群中，通过特定的仪式来实现的。在这样的仪式中，乡民在神性的意识下会自觉遵守款约。而这些鬼师与款首、寨老也会在这样的仪式中不断地提升自己的地位与影响力。

在占里，98%的家庭都生育了一男一女。占里人是用祖传的草药和秘方来进行节育和选择性别的，他们将这种家传秘方称为"换花草"。"换花草"的配方究竟是什么呢？村里没有多少人具体知道，只知道那是一种让他们传承了几百年的平衡整个寨子人口性别的花草。占里人的节育思想和朴素的人口观念已经在几百年的流传中根深蒂固。

男女井

　　占里现在还有一位80岁高龄的药师，名叫吴刷玛，据说她所掌握的药方可以让孕妇只需在短短15分钟之内就能顺利生产，而且目前尚无任何事故发生。占里的药师所掌握的药方不仅可以平衡胎儿的性别，让女人顺利地生产，还可以安全避孕。这种秘方传女不传男，且从不对外宣扬泄露。当然，随着时代的进步，现代的上环、结扎等避孕措施也被接受。

　　我们在占里调查时，发现在村落通道的民房上挂有很多木制字牌，抄录如下："人与自然要和谐，需求供给要平衡。一棵树上一窝雀，多一窝就挨饿。七百占里是条船，多添人丁要翻船。崽多无田种，女多无银戴。家养崽多家贫穷，树结果多树翻根。崽多了无田种，娶不了媳妇；女多了无银两，嫁不出姑娘。盗贼来自贫穷起，多生儿女穷祸根。祖祖辈辈住山坡，没有坝子也没河。种好天地多植树，少生儿女多快活。养的女多无银戴，养的崽多无田耕。女多争金银男多争地，兄弟姐妹闹不清。人会生育繁殖，田地不会增加。崽多要分田，女多要嫁妆。祖先留下的地盘犹如一张桌子，人多了就会垮。船舶载货，顺风使舵到彼岸。"

据统计，1951年占里村总人口为720人，到2003年全村人口总数只增加了2人，为722人，很好地保持了该村的生态平衡，使他们拥有的土地、森林资源得到了最有效的保护。

占里虽然地处边远，但朴素、先进的人口意识使占里人丰衣足食、富足安康，人均水田面积1.5亩，比全县人均稻田面积高出一倍多，人均占有粮食大大高于全县人均水平，家禽饲养量也居全县前列。

注释

[1]　12位大将：相传，占里村有两个大将、10个小将。两个大将，一个是把斌，体毛多；一个是那铭，个头大，一次能喝一桶水，他们一个拿刀，一个拿枪。

糯米养大的孩子们

12

村民们常说："多吃一团糯米饭，多得一首歌。饱餐一顿糯米饭，歌诗即兴唱不完。"糯米与侗族的习俗息息相关，有句俗话就是"侗不离糯"……

　　1986年10月，9位侗族姑娘赴法国巴黎参加金秋艺术节，在夏乐宫演出侗族大歌。这是侗族音乐第一次在世界舞台上展现其魅力，使法国观众为之倾倒。组织方为了让侗族姑娘们在巴黎生活得更舒心，关切地问姑娘们想吃点什么，姑娘们回答"想吃糯米饭"。侗族姑娘们的这个回答内涵颇深，既表现出她们客居在外思念家乡的心情，也道出了糯米饭在侗族生活中的地位和价值。

　　在侗族人看来，糯米饭是最有营养、最可口的饭。侗语称糯米为"ouxgaeml"（侗族的米）或"ouxlail"（上等好米）。过去，侗族以糯米为主食，1956年由于当地政府推行矮秆粳稻，现在大部分侗族村民已改食粳米，但逢年过节、婚嫁丧庆、馈送招待等都离不开糯米，有的村民在平常也喜欢吃糯米饭，尤其有老人的村民家，几乎每天都备有糯米饭，因为老人早已习惯吃糯米饭。村民们常说："多吃一团糯米饭，多得一首歌。饱餐一顿糯米饭，歌诗即兴唱不完。"糯米与侗族的习俗息息相关，有句俗话就是"侗不离糯"。

挂满糯稻穗的禾晾

有侗歌唱道："不种田地无法活，不唱山歌无法过。饭养身子歌养心，活路要做也要唱山歌。"这首侗歌表达了侗族人的一种观念，即"饭养身，歌养心"。在侗族人眼里，唱歌不只是为了娱乐，也不是少数人的专属，更不是卖钱赢利的工具。侗族人把唱歌看成与吃饭一样，是须臾不可离开的事物。养身和养心是人得以生存并成为高尚人的全部需要，"饭"和"歌"在侗族人看来是他们最重要的两样事物，前者是人的物质需求，后者是人的精神食粮。饭前饭后唱歌、以歌伴饭的民族是快乐的，这才有了举世闻名的侗族大歌，才有了香喷喷的糯米饭，这是侗族对人类的贡献。

2007年，我去黎平黄岗村做田野调查的第一天，当地村民就问我："你是吃人饭？还是吃猪饭？"我十分不解，何为人饭？何为猪饭？村民告诉我，"人饭"就是用糯稻煮出的饭，"猪饭"就是用籼稻（当地人习惯叫粘稻）煮出的饭。村民怕外乡人吃不惯糯米饭，所以提前问是吃"人饭"还是吃"猪饭"。我听完哈哈大笑起来。

蒸糯米饭

糯稻穗

　　67岁的吴政国说："我们黄岗以前种的全是糯稻，直到后来推广粘稻，很多侗族村子都改种粘稻了，我们这里还有70%的田种糯稻，今年种的还要多些。为什么要一直种糯稻？因为我们是'糯娃'。"

　　什么是"糯娃"？从江县占里村村民吴元解答说："我们村像我这一代人（20世纪50年代出生），从小都是吃糯米饭长大的，老人称我们为'糯娃'，60年代出生就不能叫'糯娃'了，因为他们是吃糯米伴黏米长大的，和我们不一样。我们小时候也看到老人们种少量的粘稻，当时老品种的粘稻还比不上糯稻产量高。老人们种粘稻的目的不是用来作主食，而是专门用来喂马和鸭，所以粘稻在我们地方又有'马谷'和'鸭谷'之称，一户种植粘稻面积仅占总面积的10%左右，人们吃的都是糯饭，喝的都是糯米酒。"

　　20世纪50年代，当地政府大力推广良种，其中主要是粘稻。侗族人吃不惯粘稻，坚持种糯稻，糯稻种植面积占60%～70%。到20世纪60年代，糯稻种植面积降到40%左右。到20世纪70年代，村里私下分田到

挑糯稻的妇女

户，互帮互助，使糯稻种植面积又上升到60%～70%。应该是20世纪80年代以后推广高产的粘稻才使村里的糯稻种植面积急剧萎缩的。

吴元告诉我们，自己是吃糯米饭长大的，是典型的"糯娃"，所以现在肌肉比村里年轻人还要紧。现在的年轻人肌肉松弛、无力，与食粘米饭有关，是典型的"黏米娃"。在侗族传统观念中，唯有糯米饭才养人，唯有糯米酒才醉人。

黎平县黄岗村村民吴生连口述，村里为什么一直种糯稻，主要是村里人吃不惯那些粘米饭，加上粘米饭还要很多下饭菜，非要有油和肉才吃得下，而糯米饭用酸菜送食或空吃就行。做农活的人不吃糯米饭哪有力气干活？况且山这么大，田这么远，不同于人家平坝人，干活不费劲。

村里种的这个糯稻，一不用年年购买种子；二不需施化肥，打农药。糯米饭耐饥，吃了去干活不容易饿，要是吃粘米饭很快就饿了。村里人到山上干活要包好白天吃的饭带着去，糯米饭很好包，而且放很长

成捆的糯稻穗

时间也不会坏，粘米饭就不行了。做腌鱼也要用糯米，腌鱼的时候要往鱼肚子里放糯米和辣椒。逢年过节做粑粑也需要糯米，不可能用黏米来做的。这里的人爱喝米酒，用糯米烤出来的酒好，黏米做出来的酒是苦的。

糯稻田里养鱼、养鸭都比粘稻田好。粘稻容易长害虫，糯稻就不容易有虫。这个原因他们也不懂，假如一块田，同时种粘稻和糯稻，不但粘稻容易得虫，还容易传给糯稻，所以现在不敢混着种，粘稻和糯稻之间要隔开一些距离。

粘稻吃的肥料比糯稻重，没有肥就长不好。糯稻吃的肥料少，过去打秧青（嫩树叶）放在田里沤，另外还放牛粪什么的，那时候的谷子都比现在的黄、好。现在年轻人出去打工，没有劳力，只好用化肥。放了秧青，做起活路来（干起活来）都轻松得多，土是松的；放磷肥什么的，土硬得很，做起活路来重得很，很费力。

现在，很多的侗族村子种糯稻种得少了，但他们这里的糯稻却保

打稻谷

留了下来。因为他们这里的田多，种糯稻也够吃，其他村像小黄还有独洞，种糯稻的话肯定不够吃。还有，他们的田远，也必须种糯稻，糯稻做的饭好带出去干活吃。周边的村子虽然不种了，但也来他们这里买糯稻，如果他们也种黏稻的话，就卖不出去，没有收入了。这还有个习惯的问题，糯稻好晒，随便挂在禾晾上，什么时候收进仓都可以；粘稻非得晒干才能进仓，否则就坏了。其他地方有水泥晒坝，谷子一下子就晒干了，他们这里没有，只能铺在床单上晒，一次晒几十斤，一千来斤要晒很久才能晒干，如果全种粘稻就更不行了。另外，糯稻晴天和雨天都能收割，雨天你怎么打谷子？

　　糯稻能保留下来，和他们这里的传统保留得比较好也有关系。吃相思[1]、唱侗歌这些传统和糯稻像渔网一样层层联系在一起。吃相思就要唱大歌，也要有糯米饭接客，所以吃相思的地方必须有糯稻。吃相思是侗族文化的基础，他们有5个鼓楼，可以互相请客，这对习俗的保留和对糯稻种植的需要都有作用，如果只有一个鼓楼的话可能就保存得没有那么好了。

村里90%的人都喜欢吃糯米饭，本身的土地也适合，但现在干旱了，他们很担心。他家有一块田，以前冒出来的水流有碗口粗，现在越来越小，有的地还干了。种糯稻离不开水，每年耙秧田的时候没水大家都担心得要命。感觉近几年是一年比一年干旱，以后就不知道怎么样了。

现在虫子也多了，而且很复杂，各种各样的虫子都有。以前也有虫灾，但是很少，而且那时候的防治也简单，用稻草烧出来的灰水洒上去就行了，鸭子也会吃，另外用竹子做成的竹刷就能把虫子打下来，掉到水里就被鱼吃掉了。但现在虫子厉害了，这些办法根本不管用，灰水也不管用了。再说现在天旱，虫子也容易繁殖。

还有就是现在出去打工的人多了，没有劳力怎么种田？现在的年轻人别说种糯稻，农活都不会做了，连耙田都不会。大家都在担心这些事，在鼓楼和村委会，大家坐下来都在说这些事，但年轻人就是不听。我们说，人是铁饭是钢，但年轻人说，有钱什么买不到？这种变化是近两年的事情，可能和看电视有关吧。孩子出去打工之后变化也大了。过去，年轻人要靠老人给钱，现在他们挣钱了，说话就粗了。

他们也在想要怎么办，比如说打工，如果种糯稻比打工赚钱，年轻人肯定不会出去的。听说糯稻被定为世界农业遗产了，那样的话糯稻的价格应该上升，如果能涨到5元一斤，他们就很高兴了。如果真的能像外面来的教授说的能卖到七八元钱一斤，年轻人就不用出去打工了，出去也是为了挣钱嘛，在家也能挣的话就不出去了。再说了，就算别人不要，他们也会种！

如果交通好了，路修好了，糯稻拿出去卖的成本也会低一些，人家来买也方便，不会种了拿不出去卖，都放坏了。别的侗寨通路之后生活还是比他们好，像小黄村，交通方便，米卖得都比这里贵两毛钱。只要交通方便，他们这里的米也能卖出更好的价钱，这样就能种更多的糯稻。旅游能搞起来的话，也能把他们的糯稻和风俗介绍出去，对文化的保留和糯稻种植都会有好处。

黄岗村吴全生口述说，过去这里没洗衣粉、肥皂、洗发精卖，洗衣、洗被面床单、洗头用的都是糯禾草烧灰煮过的过滤水，到现在中老年人，尤其是妇女还是用禾草灰水来洗头，只有年轻人怕同龄人笑话才用洗发精。他不喜欢用洗发精洗头，前年他儿子从广东打工回来，给他带来一瓶洗发精，他们老两口才洗几次，都觉得头痒痒，还生头皮屑，掉头发，就不敢用了。侗族不是有首情歌唱道："我郎今天得会你妹，心情舒畅，就像刚用禾草灰水洗过头一样爽。"他觉得还是禾草灰水洗头爽。侗家个个头发黑，就是用禾草灰水洗出来的。

禾草灰水还可用来洗纱、染布。前几年他们这里的妇女听说别的地方的人买碱来洗纱、染布，很省事，于是有的妇女也买，但用过之后大家觉得用碱水比不上用禾草灰水染出的布好，所以现在还是用禾草灰水洗、染。

在他们村，人们还用禾草来编草鞋、搓绳子、做扫帚，以前还用禾草来捆火把，冬天上山养牛或行路都要用，连上厕所都用禾草。

经常有人到他们村来收购禾草，他很奇怪，问收购的人收这么多禾草干什么。收购的人说拿去卖给厂家造纸，有的人说现在大部分侗族地区都很少种糯稻了，妇女们买去烧灰、制水、洗纱、染布。他又问，现在侗族地区很多人都穿汉装了，妇女们还染布做什么？收购的人说为了接待游客或者做旅游产品卖给游客，织侗布、染侗布的人又多起来了，每到节日或有什么活动，人们还是穿侗布衣呢，尤其是老人过世，必须穿侗布寿衣，这一点什么地方都没改！听收购的人这么一说，他才明白，哦，原来是这样！

吃糯米饭

　　早几年，他们这里禾草最高卖到每斤2元，前几年都还卖到1元左右，近几年才3～5角了。这两年什么东西都涨价，禾草却降价，不知道是什么原因。收购的人说："现在到处都在修路，没车愿到这里来，运费要比原来高一倍，所以不敢高价收购了。今年我们卖得也少了，才几角钱1斤，存着再说，反正这禾草不会烂，等公路修好后，有好价格我们再卖。"

　　从江县平江村石世会口述说，他今年66岁了，他们村像他这一代人，从小都是吃糯米饭长大的"糯娃"。现在人越来越多，如果再种植糯稻的话粮食就不够吃，这确实又是一个实际问题。近10年来，年轻人都外出打工，虽然让出了口粮，但种糯稻比粘稻费力，摘禾就要用很多劳动力和时间。没办法，只好种粘稻。现在他们村种植糯稻的不多了，绝大多数人的田都种上了粘稻，只有田多人少或者山冲冷、阴、锈田多的人家才种一些糯稻，面积也不过在10%左右。

现在，他们村过年过节要用的糯米大多数是买来的。他家儿子和媳妇都到广州打工去了，留下一个不满两岁的孙孙给他老两口带，农村不像城市，没有营养品和牛奶给孙孙吃，只能到市场上买些糯米来舂面或蒸成糯米饭喂他，糯米饭还是比粘米饭更有营养。现在就只有靠这样的办法来养育后代了，等到孩子们长大后成什么样子，他们也不清楚了。

注释

[1]　吃相思：侗语叫"越嘿"，多在正月、二月或秋后，是侗族村寨之间拓宽社交、加深友谊而举行的一种规模较大的民间交往活动。

村落间的谷种交换　　**13**

对于黄岗丰富多样的糯稻品种，我们需要以一种发展的眼光去审视，需要以一种创新的意识去评估。发掘、传承、推广、利用各民族本土生态知识和技术技能的研究任务还十分艰巨，需要更多的研究者和各族人民一道参与……

从江黎平交界的黄岗、小黄、占里、岜扒4个村寨现存的各种糯稻品种，其来历各不相同。而现有多种糯稻品种并存的格局是当地侗族村落谷种交换的产物。

大致而言，这些珍贵的糯稻品种的来源有4个渠道：其一是这里的侗族乡民从他们的原住地带来的糯稻品种；其二是黄岗侗族乡民通过与各款区侗寨的具体社交活动，从其他侗族地区引进的糯稻品种；其三是通过集市商贸引进的糯稻品种；其四也是最重要的，是黄岗侗族乡民以上述三种渠道的糯稻品种为亲本，在这几个村落针对当地需要，独立选育成功的新品种。

如老牛毛糯、万年糯与小牛毛糯就是黄岗乡民所种的最早的品种，是从坝区迁到黄岗定居时带来的，并在黄岗完成了"驯化"，使之适应了黄岗的特定自然环境。这样的品种数量虽不多，但却是很多新品种培育的亲本，因而在当地的品种构成中具有特殊的价值。

新鲜的糯稻穗

侗族地区的基层社会组织是家族村社，通过各家族村社的"合款"
后，各家族村社间结成了亲密融洽的互惠关系。家族村社间每年都要
举行多种多样的集体做客社交活动，比如吃相思、月地瓦[1]和跨家族村
社的集体过侗年，共度吃新节等。这样的跨家族的社交活动，从社会功
能的角度看，是为了增进家族村社之间的和睦与了解；对于传统生计而

做客

言，还能起到交流生产经验，相互引进稻种的积极作用。值得一提的是，侗族社会的这种糯稻品种引进，在某种意义上说，已经具有了署名权。通常是用该品种的育成村寨名作为被引进品种的名称，如金洞糯就是从广西三江县金洞村引进的糯稻品种；又如得五糯是从与黄岗近邻的得五寨引进的糯稻品种。这种引种方式在整个侗族地区历史悠久而且一直传承至今。黄岗乡民至今还在延续这一传统，不断地从各个侗族村寨引进新品种。这样引进的品种在黄岗被成功"驯化"后又会作为亲本使用，培育出更适应于当地的新糯稻品种。

侗族地区早期传承的糯稻品种大多具有秆高、秆硬、耐水淹的特征，而且谷穗上的谷粒不容易脱落，这是从平原河网地带洪泛区野生稻种直接选育出来的糯稻品种。除了耐阴冷性能，黄岗现有的很多品种都不同程度地具有上述特征，而耐阴冷性则是黄岗乡民世代培育的结果。高茎朝糯和矮茎朝糯两个品种，其稻秆较软，株高较矮，米粒呈椭圆形，谷粒容易脱落，谷粒的尖端芒短甚至无芒。这样的生物特性比较适宜种植在水位稳定、阳光充足的平原河网地带，而不适于在黄岗那样的丛林山区种植，生物属性与黄岗其他糯稻品种差距较大。可见这两个品种不仅不是黄岗的传统品种，甚至不是侗族地区传统的糯稻品种，而是从汉族地区以商贸渠道引进的糯稻品种。黄岗乡民引进这两个糯稻品

忙碌的场面

种的目的显然不是要将它们作为主种品种，而是因为这两个品种容易脱粒，可以用斛桶收割，无须使用折刀。小范围种植这两个品种，可以调剂收割大忙季节的劳动力分配。农忙时，碾米操作也比较方便，可以减轻农忙时的家务劳动。

不论通过什么样的渠道引进糯稻品种，都很难完全适应黄岗的特殊生态环境，从终极意义上说，引种只是为了丰富品种结构，应对多样生态环境。要确保糯稻品种完全适应黄岗的特殊环境，只能依赖黄岗人自己的力量选出本地的特优品种来。这个工作是一个世代积累的过程，黄岗的先辈们一直在从事这一艰巨的育种工作。新列珠糯、老列珠糯、深山糯、龙图糯可以基本肯定是在黄岗这一片区域成功培育出的当地特优糯稻品种。

侗族乡民培育新糯稻品种的办法，一般是通过自然杂交、人工选育逐步培育出来的。为了抵御自然灾害、病虫害的侵袭，侗族地区早就形

稻田

成了多品种糯稻在同一地块混合种植的传统农艺。执行这种传统农艺，在客观上为不同糯稻品种之间的异花授粉创造了条件，因而在糯稻的实际种植过程中，总会很自然地出现一些变种。侗族乡民则会有意识地将变种保留下来进行试种。如果在试种中证明新的变种具有更好的适应性，就会扩大其种植规模，经世代培育后，就能产生新的糯稻品种。要使自然杂交的变种"驯化"成为具有推广价值的新品种，成功的关键在于要有一套健全的制度性保障。这样的制度性保障曾存在于整个侗族地区，因而侗族地区曾有过很多的糯稻品种。现在，这样的制度性保障在黄岗还可以看到。

侗族社会是一个十分尊重老人的社会。老人在侗族社会的运行中扮演着特殊的角色。他们在家族村社内自立经营，种植小块土地，为整个社区进行育种和保种工作。乡民们出于公益目的，会给他们提供各种各样的服务。所以不管通过什么渠道引进的新品种，试种阶段都是由这些老人们带头的。

新品种的选育更多靠的是老人们持之以恒的艰辛劳动。侗族地区对他们也有特殊的回报方式。一方面，不管是成功引进的品种还是选育出的新品种，都用做出贡献的老人的名字去命名。这种方式表明，老人们的艰辛劳动得到了社会的承认，他们可以享受到世代留名的荣耀，从而在精神上得到了满足。另一方面，老人们无论给乡民提供什么样的好品种，乡民都会用等量的糯谷禾把与他们交换。乡民种植丰收后，又会以各种各样的方式回报传种的老人，比如为他们砍柴、做家务，甚至替老人们修建房屋等。正是因为制度性的保障，才使得新的糯稻品种不断涌现，侗族文化对所处生态环境的适应也因此而得到稳步提高。

这里，仅以列珠糯育种为例，展示制度性保障对新品种产生的推动作用。20世纪50年代以前，黄岗地区还拥有大片的原生丛林，当时的生态环境比现在要好得多。然而，当时那些镶嵌在丛林中的稻田直接日照的时数比现在还要短，稻田的水温和土温比现在稍低，丛林间的雾比现在的更浓，因而在当时主种的糯稻品种是深山糯、龙图糯、万年糯和老列珠糯。20世纪60年代起，黄岗当地的原生丛林相继被砍伐，砍伐后，自然形成的次生中幼林对地表的荫蔽度很低，这就使稻田中的水温和土温有所升高，每天的直接日照时数延长，上述4个品种原有适应能力有所下降。黄岗的老人们在种植老列珠糯的田块中发现了一个新变种，特征是谷芒变短，米粒变短，在次生林环境下种植，产量明显高于上述4个品种，而且米质好，口味芬芳。于是他们开始将这个变种在特定地块扩大试种，取得了非常满意的成效。遗憾的是，因特殊历史原因，新稻种命名体制无法实行，使得这个新品种的培育者不被外界所知，只能根据它的成熟期被称为"列珠糯"。

虽然培育这个品种的老人已经故去，但这一糯稻品种却成了黄岗地区的主要品种。随着丛林蜕变为次生林，原有的老品种因为不适应改变了的生态环境，其种植面积不得不进行压缩，列珠糯便填补了这一块空缺。20世纪80年代后，传统糯稻的种植在黄岗开始全面复苏，列珠糯的扩大种植引起了周边侗寨乡民的浓厚兴趣。他们纷纷与黄岗乡民换种，最终将列珠糯推广到黄岗周边地区。目前，黎平、从江、榕江地带毗连的很多侗族和苗族村寨都种植列珠糯。为了感激黄岗人的贡献，他们都把这个品种称为"黄岗糯"。这样的局面当然为黄岗人赢得了崇高的声誉和荣耀。

由此可知，这几个村落糯稻品种的丰富多样，其实是一个流动的过程，是一个不断演化的过程。而这个过程推动了侗族文化对所处生态环境适应能力的提高，人地和谐关系不断得到强化。这就是和谐生计的可持续发展的命脉所在。

查看稻田

　　这些村落的糯稻品种结构是一潭活水，在现代化背景下，随着时间的推移不断地演化，不断地创新，不断地完善。在我们与侗族乡民一起享用可口的糯米饭时，我不自觉地萌生了一些念头。我国正在执行退耕还林，不久后，森林生态系统必将稳步扩大，山地丛林将会越来越茂

稻米的一种

密，到时候，像深山糯、龙图糯、老列珠糯那样能够与丛林兼容的特异糯稻品种肯定能重新焕发生机。这些传统品种不会与森林争地，既有耐水性，又不怕荫蔽，可以储积大量的水资源。这种特性使其在洪水季节可以为江河下游分洪；在枯水季节，又可以为江河下游补给紧缺的水资源。因而，这样的品种在未来具有无限光明的前景。而列珠糯，虽然目前非常适宜在黄岗种植，但随着黄岗丛林的逐渐茂密，列珠糯的种植面积估计会被压缩。不过，广大侗族地区的森林边缘的稻田恰好需要这样的品种，以便和次生林环境相兼容。列珠糯在未来同样具有广阔的使用空间。像老牛毛糯、小牛毛糯、杉树皮糯那样的罕见糯稻品种也不会退出历史舞台。随着全国人民生活水平的提高，不仅侗族人民喜爱，其他各族人民也会喜爱这些具有特殊口感的优质糯稻。尽管它们的产量低于杂交稻，但市场供求形势必然看涨，价格必然攀升，由此获得的市场收益肯定会高于杂交稻。这就会使得目前不再种植糯稻的广阔平坝地带，为了获得更高的经济收入，重新扩大糯稻品种的种植面积。如鹅血红糯那样的糯稻品种肯定会成为难得的珍宝，气味特别芬芳的苟羊当糯也会凭借优异的品质获得全国消费者的青睐。苟羊当糯适宜种植在特别阴冷的烂泥田中，它不会与其他水稻品种争地，虽然产量较低，生长季较长，只要市场价格上涨，同样会成为值得推广的传统糯稻品种。特别是在生态环境改善后，阴冷烂泥田将会扩大，它的种植价值会显得更加重要。

总而言之，对于黄岗丰富多样的糯稻品种，我们需要以一种发展的眼光去审视，需要以一种创新的意识去评估。发掘、传承、推广、利用各民族本土生态知识和技术技能的研究任务还十分艰巨，需要更多的研究者和各族人民一道参与。但愿本文提供的资料能唤起更多的生态人类学工作者和相关专业的学者更多的关注，以便大家共同来完成这一艰巨的使命。

注释

[1] 月地瓦：侗语，意思是种公地，是侗族青年男女的一种恋爱方式，以娱乐、交友为主，劳动为辅。

作为礼物的糯米

14

在一般家庭的交往中，送礼者常送的是一担稻米或者是一桶糯米饭和一壶酒；主人家作为回礼，除了请大家吃饭，还会给送礼者每人分上一串肉或一碗糯米饭带回家⋯⋯

在我们调查的过程中，碰到村里有人建房子和学生考上大学吃升学酒，目睹了乡民们之间的送礼风俗。乡民所送的贺礼跟汉族人不太一样，除了一般常有的礼物，最特殊的就是糯米、糯米饭、酸鱼了。

侗族礼物

　　黄岗村村民吴某为考上大学的儿子办升学酒宴。我们对礼簿进行了统计，一共有307份礼物，其中302份是个人名义，4份是团体名义，礼物的交换不仅会发生在个体之间，也会发生在集体之间。其中226份礼物只送了礼金，71份礼物除了礼金还多送了一桶饭，9份除了礼金、饭还多送了一坛酒，有1份又多送了一条烟。可见，这里的贺礼除了现金，还会送米、酒、肉、饭、蛋等食物，这是侗族人在特殊历史背景下的一种资助方式。这些礼物不仅是乡民心意的表达，更为吴某一家缓解了生活方面的压力。米饭、米酒可以当场用于宴客，免去了主人家再耗费人力、物力去做饭；所收礼金则解决了经济方面的困难。上大学所需的学费、路费以及生活费都是一笔不小的数目，即便家里能凑齐这些费用，家庭生活的秩序也会被打乱，很长一段时间无法恢复到平衡状态。

　　我们在占里也看到同样的现象。在一般家庭的交往中，送礼者常送的是一担稻米或者是一桶糯米饭和一壶酒；主人家作为回礼，除了请大家吃饭，还会给送礼者每人分上一串肉或一碗糯米饭带回家。现在，随着与外界的接触越来越频繁，关系很近的侗族人在送礼时也会送上100元或200元钱。在送礼的过程中，会有一群穿着侗族传统衣服的小姑娘围

侗族宴席

在堂屋的位置唱侗族大歌，时间不长，大概不到半小时。歌词大意为恭祝主人家一切安好。来参加唱歌的小姑娘一般不会准备贺礼，反而是主人家上门来邀请，唱完了歌每人还可以分到一串肉和一碗糯米饭。

建房子的人家也会宴请，但与汉族乔迁请客不同。他们的房子仅仅完成梁柱框架，乡民便前来祝贺。前来祝贺的客人以主人的血亲与姻亲为主，多的上千人，少的也有上百人。在以后的装修中也会宴请帮忙做工的师傅们，以示感谢。侗族人宴请的方式也和汉族人不太一样，他们宴请的方式类似于流水席，在立柱请客的3天内，客人随时都可以去，主人家一直都有准备好的糯米饭和菜招待客人。

糯米和糯米饭之所以要分开送，原因在于，糯米更多是一种礼物的形式，送糯米者只是一般的客人；而煮好的糯米饭更带有一种人情。至亲才会送糯米饭，主要为了帮主人家添置米饭，表示自己是以主人至亲的身份去招待其他的宾客。送糯米与糯米饭，在亲情上是有生熟之别的，乡民们很清楚自己是该送糯米还是糯米饭。除此之外，每一家的女主人为了帮工，也会单独送一盆米到主人家，主人家也会单独分一串肉回赠，这是占里人的传统。而两次送礼的话，主人家会安排人单独记录。

糯稻也是在侗族的婚俗中离不开的一样物品，在男女交往的过程中也会有所体现。依照占里的传统习俗，男女之间不能外嫁外娶，五个房族之间三代之内不能通婚。到了合适年纪的男女会相互交往，男方家庭会请媒人到女方家庭进行说媒，说媒的过程为2~3次，第一次不需要带东西，作为试探性的询问，如果女方同意，过一段时间媒人就会再来；第二次来的时候就会带些糖、水果以及糯米；第三次再来时媒人还会再带上一些打好的糯米粑粑，主要是为了选订婚的日子。日子定好之后，女方会邀请自己家的亲戚前来做客。来的亲戚们除平时做客的礼物，还

竹篮中装满了满月礼物——糯米

会带一扎用芭蕉叶包好的糯米饭。这种糯米饭不仅表示一种亲情的确定，还意味着生米煮成了熟饭，这桩婚事就算定下来的意思。如果女方不接受送去的糯米饭，就意味着这桩婚事还没有确定下来，还需要经历一个从生到熟的过程。

在侗族地区，糯稻还会用在丧事和仪式中。办理丧事时，主人家会

主人家赠予的礼物——肉串

食物

糯稻拥有一种文化属性

请一些人帮忙，包括做棺木、帮亡者穿衣服等，这些人多是家族亲戚或关系较好的邻里。主人家不给他们直接的经济报酬，但是会准备一些腌鱼、糯米饭以及三掐禾（一掐约为几个手指头并在一起大小的糯稻）送给他们。在占里有些人家的柱子或者门上会插上一株稻穗，主要是用来辟邪去凶的。当村中哪家有老人去世，去家里祭拜、守夜或者为主人家帮忙的人，回家的时候就会拿一两根稻穗，插到门缝上，这样就不会沾上晦气，稻穗掉下来后，无论是重新插上或丢掉都没关系。办丧事的主人家会在大家能看到的地方放置一些稻穗，大家回家的时候可以顺手拿一两根回去。

出了嫁的女子回来吊唁时头上必须插一根稻穗，乡民认为这样子鬼神就看不见女子了。不小心掉了后，不论是重新插上或是丢弃都没关系。

宴席

　　除了丧事，在一些仪式中同样会用到糯稻。我在2016年8月调查时
碰到了村里举行除百口仪式。当时黔东南苗族侗族自治州举行60周年州
庆活动，村里一些年轻人去参加了演出，当他们回来时，村里的鬼师吴
国高在村主任家里面专门为他们举行了一个仪式，意思是怕他们在外面

碰到不好的东西，会给整个村子带来不安，鬼师需要给这些外出的年轻人举办除百口仪式。所用的祭品有鸭子、一杯酒、一杯糯米以及用纸捆好的柱子。一开始由鬼师先念一段词，然后主人家将一只鸭子杀死并煮熟，之后开始祭祀，仪式的最后，鬼师拿出糯米从屋内开始向屋外撒。根据鬼师吴国高解释，糯米是驱鬼的利器，鬼怪特别害怕糯米，使用糯米就能将它们赶走，村寨才能平安，外出回来的年轻人也才能够平安。

艰难的"保种"

15

黄岗村的24个品种得以传承，最应该感谢的是寨老和那些可敬的老人们。他们要额外付出艰辛和承担一定的风险。好在他们十分齐心，寨老也很有感召力，24个糯稻品种才得以成功地传承下来……

在黄岗，我们鉴定和记录了13个处于规模应用状态的糯稻品种，还发现了另外6个零星种植的珍稀糯稻品种。鉴于侗族的传统种植体制，糯稻品种也需要休息和复种。通过访谈和入户稻种查证，我们又发现了5个当年没有种植，拟于3年后再启用复种的品种。这样一来，目前在黄岗村总计还保留有珍稀糯稻品种24个。这一数据表明，不仅是在我国传统稻作区，就是在广大的侗族地区，黄岗村糯稻品种都称得上是丰富多样了。然而，这仅是侗族地区历史上曾经拥有过的糯稻品种极其有限的一部分，留住这有限的品种，是当前保护传统农业文化遗产的重要方式与手段。

侗乡地域辽阔，所处的生态环境千姿百态，有限的水稻品种很难满足精巧耕作的需要，因而在历史上，几乎每一个侗寨都像今天的黄岗那样拥有几十个糯稻品种，才能确保稻鱼鸭和谐生计的稳态延续，也才能具有抗灾防灾的高效适应能力，并且在一定程度上补救了特定生态背景对水稻种植的不利影响。以前，整个侗族地区可能掌控着成百上千个糯稻品种。之后当地政府推行"糯改粘""粘改杂"政策，在平坝地区，特别是交通沿线和中心城市附近的侗寨里，传统的糯稻品种大部分已经消失。这是一项难以挽回的损失，因而，黄岗现存的24个珍稀糯稻品种更显得弥足珍贵。

通过访谈获知，这24个品种得到传承确实不容

禾晾

大片稻田

易。收割后的糯谷，第二年播种出芽率超过95%，但隔一年后出芽率就会降到50%，3年后再播种，出芽率就不到20%了。因而在黄岗这样高度潮湿的地带，光收藏稻种达不到保种的目的，要保种就必须年年种植，至少也需要隔年种植，才可以确保糯稻品种不失传。

有幸的是，黄岗村位于贵州省黎平和从江两县的跨境地带，山高林密，地形崎岖，那些隐藏在丛林深处的零星田块和珍稀糯稻品种才得以传承至今。当然，遗憾的事情总是不可避免的。早年，当地曾精心种植过一种特异的糯稻品种，侗族语言称为"kgoux yangc dangl"，音译为苟羊当，"kgoux"为饭、稻的意思；"dangl"为香的意思，指气味最芬芳的糯稻。这一糯稻品种适宜生长在丛林深处土壤贫瘠的烂泥田中，水温、土温偏低，生长季特别长，在田中可以存活200多天，而且生长

黄岗稻田（一）　　　　　　　　　　　黄岗稻田（二）

时间越长，米质越芬芳。当地乡民形容说，这种糯稻只要有一家人蒸煮，全寨人都可以闻到它的香味。

　　当时因为某些特殊的历史原因，不能私种糯稻，但不少乡民舍不得这个珍稀的糯稻品种，在隐蔽的烂泥田中偷偷种植，在留种之余，个别人忍不住私下烹煮食用，自然被发现，于是监察干部将整个黄岗村查了个遍。怕事的乡民只好把谷种老老实实地全数上交，监察干部又要查苟羊当的地块，乡民谁也不愿说，但监察干部了解这种特异糯稻的生长习性，于是有目标地专查那些烂泥田。当时正值初冬时节，乡民还来不及收割苟羊当，致使种有苟羊当的田块很快就被查出。这可急坏了黄岗寨的寨老们，他们担忧如果继续查下去，其他正在保种的糯稻品种也可能会露馅，于是乡民只好变被动为主动，指引监察干部把苟羊当品种全数铲除，平息了事端。不幸之中的大幸，苟羊当并没有真正失传，在距离黄岗100千米外的雷公山苗族地区，这一品种目前还在传承。获知这一信息后，黄岗乡民正着手引种。

据当地人口述，当时种的粘稻还比不上传统种植的糯稻产量高，监察干部认为黄岗人思想保守、观念落后，不善于接受新技术，其实不是这样，自古以来周边侗寨都称赞黄岗人活路做得好、种田有技术。其实这地方本身就不适合种粘稻，因为这里山高谷深，水很冰凉，只适合种植耐阴冷的传统糯稻品种。种植糯稻，是因为村里人的生活不能没有糯稻，糯米饭不仅好吃、耐饥，不易变硬，上山劳动好携带，而且送礼、祭祀必不可少。

黄岗村的24个品种得以传承，最应该感谢的是寨老和那些可敬的老人们。他们要额外付出艰辛和承担一定的风险。好在他们十分齐心，寨老也很有感召力，24个糯稻品种才得以成功地传承下来。

在整个侗族地区，像黄岗那样的侗寨还有很多，这些侗寨也分别传承了一些珍稀糯稻品种，比如阳烂和高秀至今还有10多个糯稻品种在传承。因而，凭借粗略的估算，整个侗族地区的珍稀糯稻品种可能还有一两百种，要抢救、传承还来得及。但不管怎么说，黄岗能传承下这24个品种，贡献是极大的。

诚挚感谢黄岗村寨老吴国治、吴老董，还有乡

挑稻穗的侗族男人

民吴生连、吴全生、吴全有、吴成龙、吴光英等。他们不仅挨家挨户地帮我们收集不同品种的稻穗标本，还和我们一道制作不同生长季的各品种稻秧标本，带领我们逐丘查验和测量田块，还手把手教我们认知各种糯稻品种的生物属性以及共性特征。

例如老列珠糯，抗阴抗低温能力特别强，即使每天直接日照时数不到4小时也能正常生长结实，因而最适宜种植在深山重林间的稻田中，这是十分可贵的糯稻品种。又如六十天糯，从插秧到收割只需60天，生长期特别短，又不怕干旱，即使稻田完全脱水，也不会明显减产，因而它最适宜在山顶望天田种植，特别是遇上严重伏旱，其他稻种的稻秧枯死后再行补种，这个品种也能有收获，因而这是一种非常好的救灾专用糯稻品种。再如红禾糯，这个品种芒短，稻壳薄，没有倒刺，对秋露和早霜的抵抗力较弱，连天雾的天气后容易出芽减产，但这个品种是最耐肥的糯稻品种，比较适合在村寨周围的田块中种植。金洞糯是最耐阴冷的糯稻品种，由井泉灌溉的稻田和过水田必须种植这个品种才能确保稳产、高产。列珠糯是当地乡民近30年才培育出的新糯稻品种，也是黄岗村的主种品种。这个品种的特异性在于最适宜种植在次生林背景下的稻田中，它是黄岗近年来生态背景蜕变后最能适应新环境的当家品种。小牛毛糯和老牛毛糯则是适宜在低海拔稻田种植的品种，所种田块的海拔位置不能超过550米，否则产量会明显下降，这样的品种收割期晚，种植这样的品种有利于调整劳动力。万年糯是当地种植历史最悠久的糯稻品种，在黄岗千姿百态的生存环境中具有较强的普适能力，不管种在哪种稻田中产量都可以相对稳定，但相比之下产量较低。至于高茎朝糯和矮茎朝糯则是从汉族地区引进的变种，引进的目的是便于配合其他糯稻的种植。此外，杉树皮糯、黄芒糯以及得五糯、三叉戟糯则是为了混合插秧，提高抗病能力和抗灾能力而特意选育的匹配品种。最值得一提的是，当地还有一种称为鹅血红的糯稻品种，得名的原因是它的谷壳呈血红色，其特异性在于即使糯谷收割后长在地中的稻苗也不会枯黄，可以在两个月内一直保持青绿，能为牲畜越冬提供难得的新鲜饲料，是极为珍贵的农牧兼容品种。

上述琳琅满目的糯稻品种并行传承，才使得当地侗族乡民能够高效地利用各种不同的稻田，从而提高稻鱼鸭和谐生计对所处生态环境的总体适应水平。它们中的每一个品种在当地都具有不可替代的价值，每一个品种的失传都会带来难以补救的损失。因而，稳定地传承这些珍稀糯稻品种是当地农业文化遗产保护中的重要内容之一。

稻田农牧 16

老百姓告诉我说，鱼是水稻的保护神。侗族的鱼是与稻连在一起的，稻田里的收入是稻鱼并重。侗族地区流传的谚语"内喃眉巴，内那眉考"，意为"水里有鱼，田里有稻"。这种稻田养鱼的方法就是侗族人的传统生活方式……

　　"饭稻羹鱼"是侗族先民从滨水的河网平坝传承下来的生计遗产，但是要在崇山峻岭的侗族地区延续这一遗产却要遭受到重重的自然挑战。最重要的是要将山区的水截留住，建构起山区稻鱼鸭系统的水域环境。俗话有言"易涨易落山溪水"。山区的水资源补给变动幅度极大，但稻鱼共存的生态背景必须是水面相对平稳的浅水沼泽，这就意味着要延续这一遗产必须对山区的水域环境实施人为改性，使易涨易落的山溪水变成水面相对稳定的高山沼泽。经过侗族乡民的世代努力，逐渐积累成了现在的塘、田、渠、河、沟与村落错落有致的人文环境。这就是侗族人的智慧所在。

　　侗族地区塘田相通，水渠与筧槽纵横交错，井泉与筒车提灌并用。这一切虽说是人工所为，却能做到与平原上的河网沼泽在结构上融为一体，差异之处仅在于两者地表落差较大，这也才使得塘、田、渠、河、沟的配置多了一重立体布局的雄浑，而不像平原沼泽那样单调与刻板。

稻田近景

水车

　　侗族乡民在耕作区段的水域建构上，目标虽然坚定不移，必须让沼泽上山，但对这类可控的人为沼泽却始终注意到尽其可能地效仿山区水域固有的特征，那就是人为沼泽底部深浅不一，水流的走向更是变化多端。这样的效仿落实到稻田中，体现为在稻田中对"鱼汪"[1]"汪

道""鱼棚"的挖掘、预留和搭建。这样建成的稻田，底部崎岖不平，
从功用的角度看，有利于喂养的鲤鱼和其他伴生的多种动植物都能找到
自己栖息的理想环境。从建构的思路上讲，就是要效仿山涧水域的基底
多变，以利于更多不同的生物物种在有限的地域内稳定并存，以此来缩
小人工建构物与同类自然生态系统之间的偏离，由此来维护这些人工水
域的超长期稳定延续，保持人类社会与所处自然生态系统的和谐并存。

　　从鱼塘的建构而言，也具有多层次的考虑，它们既是汇集涓涓细流
的微型水库，又是洪涝季节的分洪区，还是干旱季节的水源补给地。从

鱼窝

生物多样性并存的角度看，除了大量放养草鱼，这些鱼塘还养育着众多能够在山地水域生长的各类野生动植物，更是候鸟季节性栖生的天堂。应当看到，在纯天然的环境中，也会自然形成类似的高山深水水域，而人工挖掘或垒坝构筑的鱼塘，则是仿效自然又贴近自然的杰作。

老百姓告诉我说，鱼是水稻的保护神。侗族的鱼是与稻连在一起的，稻田里的收入是稻鱼并重。侗族地区流传的谚语"内喃眉巴，内那眉考"，意为"水里有鱼，田里有稻"。这种稻田养鱼的方法就是侗族人的传统生活方式。侗族人认为有鱼才有稻，养不住鱼的地方稻谷长得不会好。现在侗族人仍把鱼当作禾魂来崇敬。侗族把粮食，主要是稻谷称为"苟能"（kgoux namx），意为"谷水"。稻田里蓄水较深，终年蓄水，主要目的就是在田中养鱼，在准备稻田时，村民会在稻田里做一个"汪"；在插秧时，要留下专门的"汪道"。侗族人对稻田进行中耕[2]时，并不用人力薅秧，靠的是鱼去吃水草和松动泥土，使秧苗茁壮成长。因此，鱼不仅是村民的主要食物之一，它还成为侗族稻田农作的"工具"。由此在侗族文化中形成了整套养鱼、捕鱼、保存鱼制品、食鱼的技术体系，并形成了侗族社会一系列特有的文化现象。

侗族人养鱼主要有鱼塘养鱼和稻田养鱼两种。鱼塘养鱼以养草鱼为主，兼放鲤鱼和鲢鱼，其他鱼随其自然繁殖。草鱼花（刚刚孵化的草鱼苗）喜欢吃侗族俗称为"白萍"的细浮萍。待草鱼花长到二三两时，他们会对小草鱼进行一一清点，移入鱼塘进行喂养，每天都去割新鲜细嫩的饲料撒入鱼塘去喂养小草鱼。在我所调查的侗族村寨中，能用于喂草鱼的野生草料有几十种，而已经"驯化"的作物饲料有苦麻菜叶、玉米叶、红薯叶、白菜叶、青菜叶、莴苣叶等。草鱼一般养3年，每尾最小的也有三四斤，大的有10多斤，若养上5年、7年的可达到20多斤。

稻田养鱼以养鲤鱼为主，草鱼为辅，杂鱼随其自然繁殖。养鲤鱼有

鱼塘

当年养当年收的，也有当年养次年收的。稻田养鱼一定要把握好稻田的水的深浅以及进水与出水。田坎也要夯实、夯厚、加高，防止盛夏雨季冲垮田坎和秋冬水源不大时漏掉田水。为了防止所养之鱼从进水口和出水口跑掉，还必须在稻田的进水口、出水口的地方安置好排水和拦鱼设备。这些设备多用细竹编制，被稳置于进水口、出水口。除此之外，还要在稻田的中央围一个小塘，有的还在小塘上方建一个鱼棚，以供鱼儿栖息和避敌。

鱼花个体很小，不具备扰动稻秧的体力，撒秧或整地完成后就可以放养鱼花了。此后的田间操作不会影响鱼苗的生长，鱼苗也不会扰动稻秧的定根。而鸭的放养则不同，即使是雏鸭，由于个头较大，也能扰动稻秧的定根，因而雏鸭的放养要分段进行。备耕前，所有的田块都可以自由放养，而秧田撒秧后必须禁止鸭的放养。稻秧插秧返青后，田中放养的鱼花已经一个多月，且体长超过了一寸半，已经具备逃避雏鸭的能力，于是允许放养雏鸭。此后，雏鸭与鱼苗齐头长大，三者之间就相生而不相克了。稻秧荫蔽后，鱼苗已经超过了两寸半，即便是成鸭也没有能力主动攻击它们了，而这时候稻秧也需要中耕了，相应的款规则宣布对成鸭解禁。在之后的两个月内，稻、鱼、鸭的共生完全处于开放状态，充分发挥了三者之间的相生相护功能。直到收获前夕，出于防范鸭群干扰收割的考虑，再次禁止成年鸭群的放养，但这是针对收割中的田块而言，等到收割完毕，长成的田鱼已经捕捞，未成年的田鱼已经转移入鱼塘，除了鱼塘和有鱼棚的越冬田，所有田块都对各种禽畜开放。

事实上，在侗族地区的塘、田等人为水域系统中，稻、鱼、鸭仅是主导产品而不是仅有的产品，其他的野生动植物也是侗族乡民的收获对象，如茭白、水芹菜、莲藕等植物，还有螺、蚌、泥鳅、黄鳝等动物。根据我们近年的调查，一块稻田中并生的动植物多达100多种。值得一提的是，稻田中，除了水稻、鱼、鸭归耕种者及养殖者收获，稻田中自然长出的所有生物资源，村寨中的所有侗族乡民都有权获取和分享。由于这些半"驯化"的动植物有特定的使用价值，其中一半以上可以做食物，另一半可以用作饲料。因这些生物不会像在汉族的稻田中那样作为杂草被除去，或是作为害虫被清除，而是被精心地维护下来，并加以利用。因而，每一块侗族稻田都是生物多样性并存的乐园。人在其间的角色，仅止于均衡地获取、适度地利用，以便确保这些生物物种能在稻田中繁衍生息，并长期延续，从而实现人类可持续的长期利用。

举例说，水稻很容易染上钻心虫、螟虫、卷叶虫等虫害，侗族乡民从来不乱施农药将害虫杀死，而是将这些害虫捕捉起来作为美味菜肴加以享用。特别是青年男女行歌坐月时常将其作为游戏性的夜宵。这样做既控制了害虫，又不会让害虫绝种，来年侗族乡民还可以吃上它们。他们的这一利用方式，客观上起到了生物多样性的实效维护。当然，那些人不能吃的，或者不好吃的害虫，则留给鸭子或田鱼做饵料。所以在侗族地区稻田中的害虫从来不会成灾。

鱼塘对侗族乡民来说是十分重要的资源。鱼塘不仅是养鱼的地方，也是村民的蔬菜的生产区。村民在塘基上按照不同季节种上各种时令蔬菜，这样不仅可以满足村民对鱼的需要，同时也能够满足村民对蔬菜的

灌溉的溪流

需要。

阳烂村中有17口鱼塘，水域面积大约10亩；在村落的四周也有4处集中的鱼塘，即冷冲、盘新、盘烂和烧冲。其中冷冲有18口鱼塘，水域面积大约10亩；盘新有4口鱼塘，水域面积大约3亩；盘烂有5口鱼塘，水域面积大约2亩；烧冲有5口鱼塘，水域面积大约3亩。这4处集中的鱼塘，每年可以产鱼5000多斤。

村民龙章志有鱼塘二分，2004年养有24条草鱼和10多条鲤鱼，以塘基（宽2.5米、长15米）为菜地，种植有黄瓜、苦瓜、长豆角、黄豆、西红柿等蔬菜。在菜地地势低的一边种了七八蔸芋头，靠山的一边种有洋合40根左右，在冬季主要是种白菜、青菜和萝卜等。而村民龙令能的鱼塘名为双秀场，塘深二三尺[3]，塘中间盖有树枝，给鱼休息、庇荫。鱼塘养有20多条草鱼和一些鲤鱼，每天需要喂草至少30斤，鱼可长大至七八斤，最后可收鱼一日五六十斤。鱼塘边四周种了黄豆、茄子、辣椒、苦瓜、西红柿等蔬菜。鱼塘四周的菜也可用来喂鱼。

阳烂村现有140多户村民，其中30多户在黄岩居住，20多户在双兔居住，有90多户在阳烂老寨居住。祖先遗留下来的鱼塘有50多口，1980年分田到户时，村民争论最多的不是自己分到多少稻田、分到哪里的稻田，而是分到多少鱼塘、分到哪里的鱼塘。经过多次讨论，在1975年已经搬到黄岩和双兔的村民就近分配当时新造的鱼塘或是在分配稻田时除去相应的鱼塘面积。而生活在阳烂老寨的村民共同分配原来的50多口鱼塘。为了使每户村民都有自己的鱼塘，村干部对每口鱼塘进行了评估，以户为单位，按照实际人口计算，大的鱼塘就两户或三户共用一口，按照这个办法把鱼塘分到了每户人家。而村民在使用鱼塘时会有不同的办法。有的村民是按人头下鱼苗，每天按鱼苗放鱼草，收获时按人头计算；有的村民是按人头计算，一家有多少人就使用鱼塘多少年，年限一到，就轮流到下一家，这样依次反复。村民养鱼主要是用来做酸鱼，即使两三年不养鱼，家里照样会有鱼，并不会因为当年没养鱼而给生活带来麻烦。只要保证了家里有鱼，村民的生活就不会有什么不便的了。

遍布侗族地区纵横交错的水渠、笕槽、筒车，以及与之相匹配的井泉出水口、入水口与鱼塘、稻田连为一个整体后，跬步之遥的狭小范围内，水流的方向、水温的高低、水质的明澈度都会发生意想不到的差异，更可贵的还在于这样的差异全部掌握在人的调控范围之内。从师法自然的角度看，反映的是山涧水域水流系统的复杂多变，因而能支撑千姿百态的生物物种和谐并存。从满足人类利用的功利目的看，这样的人为水域水流系统最大限度地消减了水位的暴涨暴落，使人类从水域系统中迫切需要获取的3种主导产品稻、鱼、鸭的种群规模和产出量得以最

池塘

大限度地扩充。

与此同时，人类的调控却尽可能保持了山涧水域流水系统的复杂多变的固有特性，而且这种"变"又掌控在人的手中。那些不胜枚举的分水器、水笕和各类过水系统，无一不在支持人类完成这种宏观的调控。正因为师化自然，又加入了人类的理性管理，才使得除了稻、鱼、鸭3项主导产品，山涧水域原先已有的生物多样性在山区侗乡的田塘系统中同样可以着生[4]和稳定地繁衍后代，只不过种群规模相对缩小而已。

在侗族地区，经过侗族乡民的创造，河流、鱼塘、稻田三者之间形成了一个"连通器"，从而为养鱼、养鸭及稻作生产所需的水源提供了保障。鱼塘和稻田这样匹配可以根据不同的季节对不同的鱼种进行交叉饲养，方便适时取用。例如，在春耕插秧之际，为防止越冬的成鱼破坏秧苗，这时有经验的侗族乡民可以将这些鱼儿"赶往"鱼塘，在稻田中再放养鱼苗，而等到稻谷收割完毕后，又将鱼塘中的成鱼及食草的鱼儿（如草鱼）"赶往"稻田中，对残存的杂草进行清除，从而避免了来年杂草的生长对禾稻造成影响。除此之外，这还方便人们适时对成鱼进行捕捞，以满足日常生活的需要。侗族乡民形象地将这称为"稻田农牧"。

注释

[1]　鱼汪：鱼的房屋。

[2]　中耕：对土壤进行浅层翻倒，疏松表层土壤。

[3]　1尺约等于33.33厘米。

[4]　着生：（生物体）附着在某处生长。

Agricultural
Heritage

稻田水库的生态坝　17

一丘稻田就是一座水库，就是一个生态坝。湘黔桂边区侗族地区的稻田连成了一座巨大的水库。稻田蓄水的田坎最高达到50厘米，暴雨季节每亩地能蓄水335吨……

　　我们在侗族地区进行了长达20多年的田野调查,不仅为他们的稻田农牧所吸引,也为他们的"稻田水库"所折服。一丘稻田就是一座水库,就是一个生态坝。湘黔桂边区侗族地区的稻田连成了一座巨大的水库。稻田蓄水的田坎最高达到50厘米,暴雨季节每亩地能蓄水335吨。侗族传统的这种稻鱼鸭生产,若按每亩地能蓄下335吨水计算,它们能为我们截留多少水资源?如果把这样的模式推广开来的话,又能为我们截留多少水资源?为此,我们在贵州黎平县、从江县和湖南通道侗族自治县展开了深入调查。

　　目前学术界对水资源的储养和利用存在着一定误解,总习惯将储养和利用截然分开去理解,认定只有森林才有水源储养能力,而农田耕作是耗费水的,根本不可能储存水。所以学术界认为要缓解我国水资源匮乏,除了退耕还林、扩大森林面积,别无他法。

　　但是我们调查的黎平县双江乡黄岗村,所处位置是高海拔的陡峭山区,整个地区除了森林、土壤和深厚的腐殖质层可储养一部分大气降水,绝大部分落下的雨水短期内都会在重力的驱使下倾泻到江河下游去,这就是通常理解的液态水资源流失。然而,在黄岗村内,情况却与上述现象有所不同。为了确保在陡峭山区能稳定种植糯稻,在这里生活的侗族乡民对天然溪流采取了筑坝、改道、挖掘塘堰[1]等措施,顺山势建构起一整套严密的河渠田地的体系。就其实质而言,是在高海拔山区人工构筑了大面积的、长期稳定的湿地环境。这样的湿地环境能在原有森林生态系统储养水资源的基础上,大大地提高水资源的储养能力。经测算表明,每亩这样的稻田至少可以在洪水季节储备340吨以上的水源,而每亩塘堰至少可以储备500吨以上的淡水资源。

　　稻田整个冬天都被水浸泡,水缓慢下渗,渐渐变成地下水,向下游持续补给水源,这本身就是缓解旱季下游缺水的好方法。黄岗村并没有

侗族水田既是对水的利用，也是对水源的涵养

高耸宏伟的水坝，但这些不起眼的稻田却可以发挥比大型水坝更有效的水源储养功能。这种隐性"生态坝"，不仅不会影响农业生产的正常进行，而且能发挥比森林生态系统更强的水源储养能力。

在侗族黄岗村的传统生计中，稻田水库的"生态坝"，使人工水域系统与当地的丛林生态系统高度兼容。这种兼容的优势表现在以下4个方面：

首先，侗族地区的塘、田、渠、河等人工水域系统都能与天然水域

绿萍

　　"联网"。不管是什么样的水域，水位都能做到精确控制。同时，所有
稻田的储水深度都能达到50厘米，可储集量超过了年蒸发量的50%，超
过了年降雨量的26%。这样的稻田建构显然是应对液态水容易流失、降
水波动幅度大而做出的适应。与此同时，这些人工水域系统还能与山
地丛林相匹配，在丛林和水域的衔接带人为培植耐水淹的树种，确保
林田两安。

山中稻田的灌溉水源

　　其次，人工水域系统的建构有充分的制度保证，拥有精确的管理方法。人工水域是持续推进、长期积累的产物。大到溪流改道，小到不足半亩的稻田和鱼塘，甚至是一个流量很小的分水坝，都是由新建者的人名去命名的。这样的命名既是一种社会荣耀，又是定点管理的依据。每个侗族人都在争取荣誉和履行高效管水职责，从而使其成为可持续推行的社会行动。这样的社会行动又能够得到侗款框架内的习惯法细则做保障，可以有效地解决有关水资源的纠纷，又能使相对有限的水源得到公平的分享和高效的利用。

　　再次，侗族乡民种植的糯稻品种琳琅满目，这些糯稻品种与水源储养关系最直接的生物品性在于，它们都是秆高、秆硬且不怕水淹的稻种，成熟期的秆高达1.5米，最高的可达到2.3米，水淹深度达到0.5米，持续半个月的水淹状态也不影响其正常发育。这显然是侗族乡民针对提

田中劳作

高地表液态水储养能力而做出的育种努力。再就是这些品种都具有耐阴冷性，有的品种可以在每天日照不到3小时的丛林中正常生长；绝大部分品种在当地露天撒秧，即使碰上10摄氏度的急剧降温也不会烂秧；在收割时，即使田中积雪结冰，都不会导致倒伏[2]和减产。由于这些品种可以在不利于糯稻生长的森林环境中稳定产出，因而这些糯稻品种的传承和应用有利于稳定和维护过渡地带的森林生态系统。更值得注意的是，这些高秆类型的糯稻品种，不仅化解了多雾多寒露的气候风险，还发挥保水保土的作用，同时为江河下游储备了丰富的淡水资源，错开了洪峰，使江河下游各族人民也间接受益。

最后，由于当地的林粮生产达到了有效的兼容，有效地避免了水资源的气态流失，从而保证了液态水的正常运行。在黄岗村，由于稻田普遍种植高秆糯稻，其秆高通常超过1.5米，而且插秧后稻田的郁蔽期

村寨附近的水体

很长，能达到110天甚至更长，这样的郁蔽期正好处在一年之中气温最高的6、7、8三个月段。在这样的高温背景下，水面不暴露在阳光直射下，使人工水域表面在一年蒸发量最大的季节内覆盖上一层1.5～2米厚的植被，在这层植被的庇佑下，从水面向上的1.5米范围内，其空气的相对湿度接近于100%，这就使这里的液态和气态水资源转换处于动态平衡状态。尽管外界蒸发较大，固定水域因蒸发而导致的水资源流失却趋近于零。只要对气态水资源处理得当，同样可以转化为人类可以直接利用的液态水资源。在黄岗村，我们观察到，稻田周边的丛林在秋冬的浓雾季节，能够发挥汇集雾滴、以水滴的形式提高土壤和稻田水资源储备的资源再生的功能。

特别值得注意的是，黄岗村人工建构的水域系统能发挥比自然生态系统更强的地表水资源储养能力。例如，黄岗村目前实有稻田5000亩，这些稻田最大储水深度可达0.5米，储水超过10天也不会影响糯稻的生长。也就是说，暴雨季节每亩地可以储水335吨，5000亩稻田实际储水能力高达1675000吨，这已经是一个小型水库的库容量了。黄岗村现有林地面积50000亩，大部分属于次生中幼林，蓄洪潜力每亩可达110吨，50000亩林地总计蓄洪潜力高达550万吨，中长期的水源储养能力可以高达200万吨。不难看出，这是一个大型水库的有效储洪总量，这对减轻江河中下游的洪涝威胁发挥了不可估量的巨大作用。到了枯水季节，这些储备起来的淡水资源又将极大地缓解江河下游水资源的补给。此外，这种造水、补水功能还能为江河沿线的所有水电站提供丰富而有效的可利用水资源。因而，这种传统的生计方式对缓解我国的水资源短缺，一直在默默地发挥着巨大的作用，为我国经济的可持续发展和社会安定做出巨大贡献。

中国的珠江流域上游和沅江流域上游居住有280多万的山区侗族农村人口，与此同时，该区域还有近2000万的壮族、布依族、水族、毛南族、仫佬族、苗族、土家族、瑶族农村人口和1900万的汉族农村人口，以我国山区农民人均耕地2～3亩换算，目前实际的稻田耕作面积约6000万亩。这约6000万亩稻田若种植传统糯稻，其暴雨季节的储洪能力将高达200亿吨。其有效储洪能力，接近于新修一个长江三峡水库。在枯水季节，这些稻田还留有20亿立方米的水资源储备，可以持续给珠江下游以淡水资源补给。

此外，种植传统糯稻，各少数民族配套建设的山塘、水库和鱼塘还可以发挥稻田本身1/4的蓄洪和储水能力。因此，我们应尊重民族习惯，放宽对糯稻种植和稻鱼兼营的限制，在未来的10年内逐渐恢复传统糯稻的种植，这样既可以传承优秀的传统糯稻品种，又可以为缓解中国枯水季节的淡水补给、消解暴雨季节的洪峰发挥重要作用。

除了水资源的量的问题，用水方面面临的另一挑战就是水体污染。在治理中如果没有认真利用生物手段，没有从污染的根本入手，用循环经济的思路改造，不一定能达到很好的治污效果。黄岗在这方面给了我们一个很好的解决方案。

在黄岗村，所有生产、生活的消费，全部纳入当地生态系统的循环网络中。人畜粪便直接进入鱼塘，由水生动物作为一级消费；水生动物的粪便由微生物作为二级消费；微生物的粪便再由水生植物作为三级消费；水生植物又可以让人食用或喂养牲畜，整个鱼塘就是一个循环网络，不产生任何形式的污染。鱼塘如此，稻田也不例外。稻田中的生物物种，除了稻、鱼、鸭，其他生物多达10多种，循环回路不胜枚举，对水体的一切可能污染物可以在稻田中完全被降解，实现无害化，使流出黄岗村的所有液态水都是优质水。这一优良经验为解决我国水资源安全提供了有益探索。

注释

[1]　塘堰：在山区或丘陵地区修建的一种小型蓄水工程，用来积蓄附近的雨水和泉水灌溉农用，也称为塘坝。
[2]　倒伏：直立生长的作物成片发生歪斜，甚至全株匍倒在地的现象。

🐟 不怕冷的万年糯 18

黄岗村七组的吴胜林家，历年都配种有万年糯，他家的耕地距黄岗村2.5千米，位于半山腰的一片次生林中。稻田的上方70米的缓坡长满了茂密的树木，稻田位于马车便道之下，马车便道的周围都是砍伐后重新长出的次生林，最大的树龄不超过10年……

镶嵌在深山丛林中的稻田，由于日照不足，灌溉又靠低温的井泉水，这就使稻田中的水温和土温普遍偏低，对一般的稻种而言，很难在这样的地带正常生长。

通过我们的实测发现，夏季气温最高时期，不少稻田水温还滞留在23～25摄氏度，有的过水田水温还不到20摄氏度，但它们中的很多品种并没有出现明显的生长受阻状况。值得一提的是，这里稻田的水温波动幅度不大，插秧时节的平均气温可低到9摄氏度以下，然而稻田的水温和土温由于来自井泉水，反而比气温高，平均超过15摄氏度，个别田块可以长期维持在17摄氏度。这种特殊环境对稻、鱼、鸭和谐生计具有积极作用。如放养鱼苗，由于鲤鱼在12摄氏度以上就可以进入正常觅食、快速生长的状态，因而鱼苗的放养可以比平坝地区提前半个月以上，而且可以一直放养到初冬水稻收割完毕为止，整个放养时段最长可以达到9个月，所以这里每亩田鱼的收获量比平坝地区要高。同样的道理，这里的放鸭时段更长。据我们观察，撒秧时候已经有侗族乡民在放养雏鸭了，即使稻谷收割完毕，鸭子也还在生长。

不仅插秧后的稻苗能抵御阴冷，连育秧期段的幼苗也具备抗阴冷的特性。我们在调查中参加过撒秧。撒秧时，气温仅有12摄氏度。撒秧时的水深从8厘米到15厘米不等，撒秧后，多次急剧降温，最低时气温低到8摄氏度，人们外出都得披上棉衣，但田中的水温没有低过15摄氏度。结果撒下的稻秧全部出苗，无一棵烂秧。

黄岗村七组的吴胜林家，历年都配种有万年糯，他家的耕地距黄岗村2.5千米，位于半山腰的一片次生林中。稻田的上方70米的缓坡长满了茂密的树木，稻田位于马车便道之下，马车便道的周围都是砍伐后重新长出的次生林，最大的树龄不超过10年。这片水田朝向山谷，开口处朝向西南，正午以后，直到太阳落山都可以获得充分的日照。吴胜林懂

侗族的稻田多数分布在山间

侗文，是我们专聘的翻译，种庄稼也是一把好手。据他解释说，万年糯和苟列珠配套种植，不仅产量稳定，而且不容易发生病虫害，在禾晾上晾晒时，能够免受阴雨的侵害，粮食不容易霉变，原因在于万年糯谷芒很长，可以长达6～9厘米，在雾雨环境中因为有长芒保护，谷粒便不会被雨浸湿。苟列珠则相反，谷芒很短，长度不到1厘米。吴胜林家种苟列珠必须配套种植万年糯，这是因为他家的田完全靠泉水灌溉，如果全

山中多雾，降低了气温

部种成苟列珠，产量要下降一成。除了黄岗村七组外，万年糯在黄岗其他各组都有人种植，如二组的吴银来家、八组的吴先勤家。据村民们介绍，他们所在的组，冷水田、锈水田、森林边的田地，在2003年以前都普遍种植万年糯。

前文已提到，列珠糯是黄岗村村民公认的普适性糯稻品种。这个品种在黄岗村近两年得到了大限度的推广，2007年的种植面积突破了全村稻田面积的65%。该村80%的农户都种植了列珠糯。黄岗人之所以把它称为列珠糯，是因为这个品种是农历九月成熟。列珠糯不仅在黄岗村普遍种植，而且还被传播到了周边侗族村寨。周边村寨的侗族乡民将这个品种称为"黄岗糯"，意思是说，是黄岗人选育出来的好品种。在黄岗村，我们还找到了列珠糯的原本，也就是当地人所称的老列珠糯。

新、老列珠糯的区别在于，老列珠糯的芒很长，与苟羊当、万年糯相似，植株比新列珠糯更高，全株可达到140厘米以上，但产量较新列珠糯低，适合种植的范围与万年糯相同。随着黄岗地区森林的蜕变，老列珠糯、苟羊当、万年糯等的种植面积逐年萎缩。因此，这三个品种种植面积的大小可以作为黄岗地区森林生态环境恢复程度的度量指标之一。种植面积的逐年萎缩现象可以间接地告诉我们，黄岗地区的森林生态系统正处于快速蜕变之中，若不采取紧急措施后果将极为严重。调查中我们深感遗憾的是新列珠糯选育成功的具体年代，乡民们无法说准，这与黄岗村选种、保种的社会机制相关联。在黄岗，新品种的引进和育成，都必须等到大规模推广后才最后定名。乡民知道这个品种的时间比品种育成和引种的时间要晚几年，甚至几十年。

在田野调查中，要认定育成的时间，用通常的调查办法根本无从确定。但整个黄岗村的村民都知道，新列珠糯在黄岗村被大家知道，是20世纪80年代末的事情。20世纪80年代到90年代，是新、老列珠糯势均力敌的时期。进入21世纪后，新列珠糯才开始逐步取代老列珠糯。到2006

侗族人熟悉稻谷的长势

侗族稻米种类繁多

年，新列珠糯的种植面积达到了全村耕地面积的60%。

除了上述4个品种外，黄岗乡民还拥有生长期最短的苟略西闷品种，即前文提到的六十天糯。这个品种从插秧到收割只需要60天。还有极为耐旱的金洞糯，是从广西三江县金洞村引进的品种。这个品种插秧后即使碰上干旱，稻田完全脱水甚至开裂也不会减产，其生物特性接近于云南拉祜族、基诺族所种植的旱稻，金洞糯的收割期比列珠糯可以提早半个月。

黄岗乡民长期稳定地按一定比例种植这两个品种，是为了补救当地自然资源配置的短缺。在黄岗大概有2%的稻田修建在高海拔的山顶上，四周有树木草坡环绕，完全没有水源补给，稻田用水全靠下雨。黄岗的主雨季在农历四月到五月，主雨季过后一般都有伏旱，大致农历五月中旬开始到农历六月中旬结束。这样一场伏旱就会使稻田完全脱水。若种植其他糯稻品种，要么根本不结实，要么大幅度减产。但种植六十天糯、金洞糯却可以稳产高产。只要在主雨季前能够插上秧，进入扬花季节的六十天糯需水量较少，即使遇上伏旱也不会影响产量。至于苟金洞，由于它本身就耐旱，即使旱地移栽也能成活，伏旱对其的威胁几乎接近于零。据此可知，这两个品种的育成和引种，完全是针对高山稻田缺水这一自然资源配置短缺而采取的自然性适应措施。

侗家养鱼

19

稻田养鱼，也要讲技术，每块田能放多少鱼，这是村民必须首先掌握的：放的数量多了，鱼在稻田中没有吃的，很难长大；放的数量少了，鱼倒是快长，但水稻长不好，因为鱼太少，稻田中的草、虫没被鱼除净、吃光……

鱼与稻是侗族农业的命根子。

在侗族地区山高水寒的村寨，或是气候反常的年景，侗族有搞"云雾鱼"的习惯。在杜鹃和桐子开花的时节，也就是在农历三月，如果天气还较冷，让鲤鱼自行繁殖，鱼卵就会被冻死。为了防止鱼卵被冻死，侗族人就要操心布置鱼塘里的"洞房"。将带茸毛的藤子和竹根做被褥，这种被褥侗语叫作"逊"，是让鱼在上面产卵用的。等待天气晴朗稍微暖和的"吉日"，村民就让"新郎"和"新娘"团聚，这天谁也不准吃鱼，也不准说要吃鱼，要是让"新娘"听见了，"新娘"就不产卵了。一旦鱼卵沾满了"逊"，村民就把"逊"从"洞房"中捞出来，小心翼翼地挑回家。在家里用青青的枫叶做被褥铺成"温床"，把"逊"安放在"温床"中，每隔半天要用嘴喷上一次水，以保持适当的温度和湿度。喷水前，必须先漱口或者刷牙，因为给生灵接生的活命水容不得任何气味，还必须用嘴含水均匀地轻轻地喷洒，决不可用手㪟水，水滴过大容易淋破鱼卵。最关键的是要掌握孵卵的时间，时间不到，放进田里，出不了鱼子；放晚了，鱼卵就会生霉。在这几天里，村民晚上都要起来观察照料，以防错过了时间。把几粒鱼卵放进装有清水的碗里，一旦发现头发般细的鱼子马上要破壳而出，在水碗里乱窜了，便可以把"温床"拆掉，及时把"逊"送到田里或鱼塘里放养。这些鱼子要是"落"得好，一把"逊"就是几千几万条。到那时，鱼苗在稻田里或是在鱼塘里游动起来，就像一团云一团雾，这就是侗民们所称的"云雾鱼"了。

我们在从江县占里村做调查时，补珍老人常说："如果侗族稻田中没放鱼，那么农人就会变懒，如果苗族家中没养猎狗，那么猎人就会变惰。所以我们的稻田不能不养鱼，田中养有鱼，你就得养成勤看田水的习惯，不然田水变干，或塌方漏水鱼就会死掉，因此，'吃饭靠流

"逊"

汗，吃鱼靠脚皮'，不勤快去看田水的人，是不会有鱼吃的。保住鱼
就能保住稻。"

　　稻田养鱼，也要讲技术，每块田能放多少鱼，这是村民必须首先
掌握的：放的数量多了，鱼在稻田中没有吃的，很难长大；放的数量少

了，鱼倒是快长，但水稻长不好，因为鱼太少，稻田中的草、虫没被鱼除净、吃光。不信，可以到田间去看看，哪块田没有杂草，细泥多，那块田肯定放了鱼；哪块田杂草多，那块田肯定没放鱼，或鱼没管理好，死了。

村民在糯稻田中养鱼的技术很高，在粘稻田中养鱼是近几年才学会的。开始村民在粘稻田中养鱼也喜欢把水蓄得深深的，像种糯稻一样，鱼倒是长得不错，可水稻大大减产，加上村民不会掌握粘稻田中施用化肥、农药的量，用多了鱼就会死，用少了稻又没长好，常常有稻没鱼，或有鱼没稻。

在糯稻田中养的鲤鱼比粘稻田中养的鲤鱼大得多，因为糯稻蓄的水要深得多；加上糯稻栽得行距要宽，便于鱼在稻田中自由自在觅食；糯稻生长期也长，从四五月插秧，到九十月才摘完，鱼在稻田中的时间也长。粘稻生长期短，四五月插秧，七八月已收完，并还在成熟前20天左右就必须提前放水晒田，谷粒才容易成熟、变黄，田土变干、变硬才好收割，也就是说鱼在粘稻田中的生长时间只有100天左右。捉来吃只有中指这么大，一点都不肥。而糯稻田中捉来的鱼有巴掌这么大，烧起来滴着油，拿来腌也比粘稻田中的鱼好吃多了。

现在人们种田都用化肥，少用农家肥，这对稻田里鱼的生长也有影响。放农家肥鱼长得快、长得肥，肉也要好吃一些。补珍老人说，他们吃不惯饲料喂养的鱼，前不久他去榕江街上看他的一个朋友，朋友从市场上买来一条大鲤鱼做酸汤鱼，那个鱼肉连鱼味都没有，松松的，一点都不紧，哪比得上稻田里养的鱼好吃？

稻田放的鱼主要是鲤鱼，也有的人放养草鱼和鲫鱼。鲤鱼大都是村民自己育的鱼苗；鲫鱼用不着育苗，把雌、雄鱼放入田中，它们自己会繁殖，并且长得很快；草鱼繁殖技术之前村民都不会，是广西侗族挑来

一篮鱼

卖得多，村民问他们怎样繁殖，他们不说。鲤鱼的繁殖，每年村民都约在一起操作，几家共用一个繁殖鱼塘，如搞出的鱼花不够放，可向当年搞得多的亲戚朋友们要，很少买。另外，稻田里的螺蛳、贝壳、虾都是自然繁殖生长的，不用人工饲养、繁殖。但现在化肥用得多，这些也变少了。

旧时鱼种均需人们徒步到湖南衡阳去买，来回要半个月。鱼种刚放进鱼盆时很细很细，一路上要喂咸蛋，还要换水，换水时要把用棕毛或竹篾做成的滤器放到盆里慢慢地把水舀出去。喂咸蛋换新水都要很细心，到家时，已长成半寸的鱼花了。在去买鱼种以前，村民已将养鱼塘晒好，清除了塘池中的烂草、朽木和污泥。鱼种放入塘中十天半月，便开始用细浮萍喂养。刚开始喂时，一个塘一担浮萍可供好几天，因为投入塘中的浮萍可以自己繁殖；之后每天需要投放两三担。一个月后，鱼花长到两三寸，便可以卖鱼花。

鲤鱼花的孵化十分讲究。鱼塘先要晒好，保持清洁，在塘中打上若干木桩，木桩上各捆上一束细蕨草。水满塘时，蕨草叶子大多淹没于水中。种鱼的选择也是有讲究的，雌鱼要挑选腹大的，并且用手就能挤出子来的为最上等。而雄鱼宜小，但也要腹大的。雄、雌种鱼的匹配要求是1：3。种鱼产卵后不宜长期放在种塘，有的在产卵后，即开塘放水把种鱼移到深水或水流畅通的鱼塘里，以防种鱼死掉。在正常情况下，孵出后的鲤鱼花不需要另作喂养。鱼花视密度而定，即视鱼子的成活率而定，密度高的就早些卖鱼苗，密度低的则卖得晚些。但是，若气候反常，到3月份天气较冷，鱼花不宜成活时，就要对鱼花进行特殊的照料。

75岁的杨厚旗老人告诉我说，他满16岁那年，父亲叫他一起外出卖鱼花。第一次挑着鱼花随同父亲出远门，留给他印象最深的一是不会挑鱼花行走，总担心倒没被父亲责怪；二是没有技术量鱼，买鱼花的人叫他往鱼花游动比较密集的地方量，他就往鱼花密集的地方量。离家通过剑河，还没到三穗，他挑的这挑鱼花就没剩下多少了。父亲夸奖他卖得快，可途中将钱清点时他发现，他所卖的鱼花款与父亲卖的鱼花款相差不多，但原本一样多的两挑鱼花，父亲还剩下一大半。父亲取笑他说："你这叫送鱼花，不是卖鱼花！"但父亲始终没教他如何量鱼花，后来才知道这是侗族人的规矩，只能教孩子乐施大方，不能教孩子狡猾奸诈。

通过跟着父亲走南闯北两三年，他观察到父亲怎样用碗量鱼花。量前，先用碗边将木盆中的鱼花轻轻搅动一下，让鱼花游动均匀后，立即量出。这样量出的鱼花，每碗保持在200～400尾。

自那以后，父亲出去卖鱼花不叫他了，他就跟同龄人一起出去卖鱼花。从1949年第一次随父亲出去卖鱼花，至2001年最后一次出去卖鱼花，累计算来整整有52年的时间。这52年，他从来没有哪一年中断过出门去卖鱼花。这52年，他到过本省的黎平、榕江、天柱、三穗、剑河、台江、麻江、黄平，湖南的新晃侗族自治县，广西的三江侗族自治县。鱼花需求量大、销量好的有两个地方，一是黎平，二是榕江县的寨蒿一带。

杨厚旗这一代人，每年都习惯出去卖鱼花，一年不出去，眼看别人

做酸鱼汤

侗族美食之一——烤鱼

挑着鱼花出去卖，自己心里总发痒，如同现在的年轻人一样，个个都出去打工，即使知道出去打工不一定个个挣到钱，但留在家里，都不会安心的。他希望他的孩子不出去打工，每年帮他挑鱼花去卖也能挣钱。现在交通和通信这么方便，外出卖鱼花，如果鱼花快售完或已在返途中，一个电话，家中负责鱼花繁殖的老人便可准备好鱼花，一会儿就可以紧接着跑下一趟，这多好啊！以前他们外出卖鱼花，在家负责搞鱼花繁殖的父亲经常不知他们何时售完返回家乡，过早将鱼花孵化，担心鱼花老化；推迟几天再孵又担心他们回到家中不能紧接着跑第二趟，影响当年的趟数。现在好在有上门收购的老板，留守在家的老人都没有放弃繁殖鱼花，去年杨厚旗就地批发给鱼花商贩，卖了700多元。

侗家 "一脚踩三鱼"

20

侗族村民把鱼当作水稻的保护神，把鱼当作禾魂来崇敬。这样一来，鱼魂与禾魂在信仰系统中就进行了叠加。村民相信禾魂的存在，但禾魂是需要鱼来保护的，禾魂一旦离开了鱼，就会流走，失去其魅力……

　　我们到了侗寨，才知道侗族人是靠鱼来认亲或认族的。你进入侗寨，侗寨的老人首先问你知不知道"一脚踩三鱼"，如果答对了，他们便把你认为同族亲人；如果答不出来，侗族人便认为来人可能有诈，甚至会将其赶出村落。

　　何谓"一脚踩三鱼"呢？这是有故事的。据说源自唐末宋初侗族的祖先"飞山蛮"的三鲤鱼共头的图腾。侗族祖先为感恩鱼的养育之恩、表达对鱼神的尊敬以及表现民族团结，侗家人把这个图腾画或刻在鼓楼、风雨桥、门楼、住房等建筑物上，还有绣在枕头、被单、背带上，特别是刻在每座桥头铺路的青石板上，行人踏石过桥进村，谁不"一脚踩三鱼"呢？可见，鱼与侗族有着某种深刻的内在联系。在侗族人的眼中，鱼不同于一般意义上的鱼，它在侗族社会中具有更加神秘的意义。

　　在作为侗族民间"自治条例"的"侗款"中，对偷鱼者的处罚常常比其他罪行更重。凡偷鱼者，轻的被九钟捉罩，重的处以重刑。

　　在侗族村寨的鼓楼和风雨桥中央的椽木上，多绘有一个太极图。这里的太极图不是道家所理解的黑白更替、阴阳对转，而是两鱼相交、生命繁衍，象征万物萌生。侗族人把它绘在神圣的鼓楼、风雨桥的椽木上，是为了让后人时时瞻望和供奉。

　　在语言上，侗族人把"始祖母"与"鱼"都称为"萨"。"萨"在侗语里，除了有"鱼"和"始祖母"的含义，还用来指已婚的妇女，诸如"老奶奶""婆婆""妻子"之类。把"鱼"与已婚妇女联系起来，这便赋予了鱼深层的文化意义。具体分析如下：

　　首先，鱼即"萨"，象征妇女的生殖能力。闻一多先生在《说鱼》中，对以鱼喻性、喻偶、喻婚、喻生殖等有过精辟的论述。为什么鱼有如此象征？除了鱼的繁殖功能，似乎没有更好的解释。大家都知道，在原始人类的观念里，婚姻是人生第一大事，而传宗接代是婚姻的重要目的。这在我国古代的礼俗中表现得非常清楚，不必赘述。种族的繁衍如此被重视。而鱼是繁殖力很强的一种生物，所以在古代，把一个人比作鱼，在某种意义上，差不多就等于称赞他是最好的人。

其次，鱼象征着侗族的团聚。侗族人好养鱼，每家每户都有一个或几个鱼塘。在鱼塘中多要建一个鱼窝，供鱼类生殖、聚合、防范天敌。这种鱼窝使鱼得以生息繁衍。侗族人要得以生息繁衍，也要建造自己的"窝"，所以在侗族社会中有建寨先建鼓楼的习俗。鼓楼的造型有点儿像鱼塘里的鱼窝。从某一意义上来说，它就是侗族人集体的一个"窝"，是侗族人的一个聚合的场所。这在侗族古歌里有很明确的说明："鲤鱼要找塘中间做窝，人们要找好地方落脚；我们祖先开拓了路团寨，建起鼓楼就像大鱼窝。"鼓楼用于人们节日聚会、平时小憩和娱乐，老人们在此闲坐摆古，年轻人在此聚会学歌、唱歌，听老年人传播

鱼塘

各种知识等。鼓楼就像鱼窝把鱼聚合起来似的把侗族人聚合起来，正如侗族古歌里所唱的那样："鱼儿团聚在鱼窝里，我们侗家团聚在鼓楼里……我们侗家人要像鱼儿团聚在鱼窝里一样，团聚在鼓楼里。"古歌里的"鱼"与"侗家人"，"鱼窝"与"鼓楼"，不仅反映出了侗族社会与其生活环境的关系，同时也更进一步地展现出了侗族人心理素质和心理特征的表达。

鼓楼

　　最后，侗族的鱼还反映出侗族社会的历史进程。鱼是养活侗族先民的食物之一。在水稻还没有得到发展之前，侗族先民以食鱼为主，这从侗族的诸多传说中也得到不同程度的证明。最初，鱼仅仅是作为一种最基本的生活资料而备受侗族先民的厚爱并加以崇拜。在漫长的历史进程中，侗族先民对鱼的特性有了更深的了解和认识，渐渐地输入了生殖崇拜和图腾崇拜的观念和文化内涵。时至今日，侗族人对鱼所赋予的不同

悬挂的鱼

历史时期的各种观念和文化象征, 在侗族社会中还有不同方式、不同程度的反映。

侗族村民把鱼当作水稻的保护神, 把鱼当作禾魂来崇敬。这样一来, 鱼魂与禾魂在信仰系统中就进行了叠加。村民相信禾魂的存在, 但禾魂是需要鱼来保护的, 禾魂一旦离开了鱼, 就会流走, 失去其魅力。鱼是禾魂存在的基础, 没有了鱼, 禾魂也就难以自存。村民在祭祀禾魂的时候, 一定要祭祀保护禾魂的鱼。为了保住禾魂的存在, 村民在耕种稻田时, 一定要在稻田里放下鱼种, 让鱼伴随稻一道成长。在鱼的保护下, 使稻生育出禾魂来; 到稻谷成熟时, 使禾魂转入谷魂; 到村民食用稻谷时, 谷魂就进入村民的身体, 从而获得谷魂的保佑。

在鱼稻共生中, 鱼与稻的逻辑是稻需要鱼来滋养, 禾魂需要鱼来保护。因此, 在村民中只要有了鱼, 别的都显得不那么紧要了。于是, 在村民的文化流变中, 除了鱼, 别的都可以变。不论水稻品种如何改变, 在稻田里养鱼是不能变的。在村民的观念中, 稻田里的鱼仍然可以对新稻谷的禾魂进行滋生与培育, 村民食用新品种的稻谷也可以使谷魂进入人体, 从而获得谷魂的护佑。

侗族人把鱼看得比自己的生命还重要, 这便使我们理解了在侗族民间"自治条例"的"侗款"中对偷鱼者的处罚了。偷了别人的鱼, 就使别人的稻谷失去了魂, 别人在食用稻谷的时候, 就无从获得谷魂的保护, 其生命就要受到威胁, 或者说其生命失去了谷魂的滋养, 就形同只有躯壳而失去了精神。如此一来, 对偷鱼者处以惩罚也就被文化所认同和强化了。

由于历史的变迁, 稻和鱼的象征意义分散到了村落的每个角落, 有的保存在生活方式中, 有的保存在文学艺术中, 有的保存在人生礼仪中, 有的保存在宗教活动中, 有的保存在服饰图案中, 有的保存在各类建筑中。总之，我们可以通过对保存在村落不同载体中的现象的研究，透过稻和鱼在侗族社会中的象征意义，看出侗族村民的心路历程，也可以看出侗族历史进程中的史影。

由此，我们不得不深思人类学中关于文化变迁的向度问题。关于文化变迁的讨论已经成为学科的热门话题，而形成的文字也是汗牛充栋，既有对变迁理论的分析，也有对变迁事实的记述，不一而足。而通过对侗族村落社会的稻与鱼的文化象征系统的分析，对文化变迁或许会有一种启示：文化作为指导民族生存延续发展的信息系统，在历史过程中，文化的宗旨是不会改变的，但在其指导下所创造的文化事实会因民族生存延续发展的需要而不断改变——不论是内容、形式，还是结构都会改变。从特定意义上说，所谓文化变迁指的是文化指导下的文化事实的变迁。人们所说的，有些文化事实是容易变化的（物质部分），有些文化事实是不容易变化的（精神部分），这些不是问题。问题在于，如何在易变或不易变的文化事实中去寻找快变与慢变的文化逻辑。我们从观察到的侗族村落的"稻变，鱼不变"中就找到文化事实变迁的文化逻辑。这里需要说明的是，这只是我们以今天的观察所看到的。可以预见的是，侗族村落的鱼只要是侗族文化下的文化事实，在其历史长河特定背景下也会变的。侗族的鱼文化不只是一种传承，它还是一种方案，是一套生存机制。

Agricultural
Heritage

侗族与水牛的特殊情感 21

侗族村民把水牛作为农业生产最重要的生产工具，水牛对侗族的稻作文明起了巨大的作用与贡
献，村民对水牛有着特殊的感情、观念与行为，形成了特有的水牛文化……

耕牛是侗族稻田农业最主要的工具。侗族的稻田多是蓄水养鱼，水深泥烂，耕牛多为水牛，黄牛很少。在稻田耕作中，水牛出的力最大，侗族对水牛十分尊重，对牛的认识也十分深刻。他们把所有的聚落关系都用牛来界定，并掌握一套用来描述牛和牛群生活的词语。我们在调查中发现，只有明白了那些关于颜色、年龄、性别等烦琐难记的牛的术语之后，才能对那些复杂的讨论，比如婚姻协商、仪式情景以及法律争端等有所了解。这成为侗族的一套文化规则，如果我们忽视这一套文化规则，那么我们对侗族文化的了解是不全面的，甚至可以说对侗族生活方式的理解，尤其是对侗族稻作农业的认识是一个极大的缺陷。

在我们调查过的侗族村寨里，村民把农历四月八日或六月六日作为水牛的节日，对水牛加以敬祭。村民将这一活动称为"国泥"，意为"水牛生日"，这一天，村民不许役使水牛，也不准打骂水牛，牵牛到溪边为其洗澡，而且还要给水牛喂糯米稀饭、甜酒等。村民备熟猪肉或鸡鸭肉，摆在牛栏门前，烧香化纸，举行敬祭，祝牛健康长寿、兴旺发达，感谢水牛终身为人造福。

村民还教小孩尊老牛为"牛公""牛奶"，向牛祝颂。有的村民还认牛为祖，尊之同人。

侗族村民视牛王为一寨之尊。牛王，侗语叫"国让"，意为身体强壮、独秀超群、名声盖世的

洗澡中的水牛

喂养水牛的老人一般都是相牛的高手

牛，可以译为"圣牯"。村民往往根据牛王的性格、长相、角斗等特点赋予其盛名、加以封号，诸如"大雷公""扫地王""镇天王"等。它象征家族的兴旺发达，与家族休戚相关、荣辱与共。因此，村民对牛王的要求十分严格，选择特别慎重。在选购牛王时，必须经过家族成员集会商议，推选经验丰富、德高望重者四处寻找，除了认真地观察其肢体以及五官等，还要仔细查其体格、性情，如是否健壮勇猛、能战善斗，更重要的是审视其体表特征，诸如旋毛部位是否得当，是否会伤害村民等，村民甚至还要用"草卜"来测定，方能确定是否可称为牛王。

　　侗族村民把水牛作为农业生产最重要的生产工具，水牛对侗族的稻作文明有着巨大的作用与贡献，村民对水牛有着特殊的感情、观念与行为，形成了特有的水牛文化。

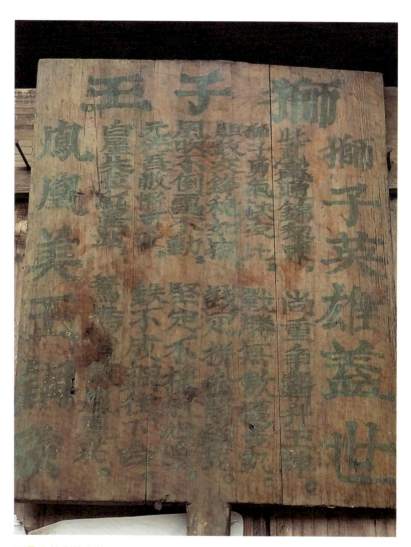

记录牛特点的木牌

侗家斗牛

22

侗族地区的斗牛活动，是村寨之间的一种交际活动，它深刻地体现了村寨之间的竞争意识。每年农历二月或八月的亥日进行斗牛比赛。村民说亥日是公平之日，在这一天比赛谁胜谁负是最公平的……

    侗族地区的斗牛活动，是村寨之间的一种交际活动，它深刻地体现了村寨之间的竞争意识。每年农历二月或八月的亥日进行斗牛比赛。村民说亥日是公平之日，在这一天比赛谁胜谁负是最公平的。斗牛有固定的场所，叫塘或场，一般是以家族—村寨为单位展开对抗。各场的斗牛活动一般不同时进行，村民特意错开，轮流进行，以增加家族—村寨之间竞争的密度与频率。每个斗牛场由一个家族—村寨负责安排具体事宜。斗牛前若干天要向有关家族—村寨发出火急传牌，写明斗牛日期和有关事项。传牌一经寨老派人传出，斗牛便会如期举行，风雨无阻，任何家族与个人均无权更改。

    相牛是斗牛的前期准备，关系到斗牛活动的成败。侗族地区相牛与其他地区有所不同，它有自己的一套体系，在时间、人员、方法等方面有很多的讲究。侗家人斗牛用的都是水牯牛。他们根据水牯牛的眼、

斗牛现场（吉首大学人类学与民族学研究所提供）

斗牛的外貌与侗寨的运势相关

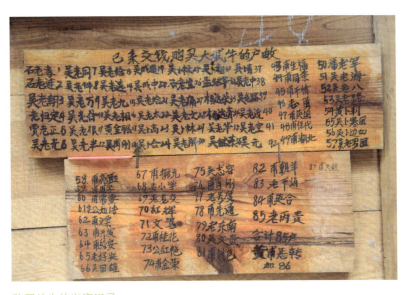

购买斗牛的出资记录

额、角、腰、腿及毛旋等，来判断哪头牛能打、哪头牛不能打，并能判断它是"放碰"的还是"打花角"的。人们往往走乡串寨从很远的地方，以高价购买这种强悍善斗的牛特别是牛王来饲养。人们以喂养牛王为荣。对于斗牛的饲养十分讲究，在《斗牛款词》里就有这样的告诫："牛王到圈，先供饭食，后喂青草，排家逐户供足精料。"斗牛喝水、吃料、解便等有人专门照顾，目的是让它膘肥体壮，才能称雄，以光耀门庭。

当要去买牛时，寨老会召开全村会议，实行少数服从多数的原则，如果大家都同意了，就会挑选一个吉利的日子去买牛。经过采访一位姓贾的老人，我们了解到在买牛之前会有本寨的罗汉（年轻人）去寻找合适的牛，在买回来之前，会召开全寨大会讨论是否买这头牛，看过这头牛的人将会详细介绍这头牛，老者、大人、小孩投票决定，少数服从多数，投票决定之后会找阳师挑选一个黄道吉日把牛买回来。

当牛买回来之后，牛何时进牛棚也需要挑选合适的日子，没碰上合适的日子时，牛不能进牛棚，只能住在牛棚的外面或者是其他的地方。

举办斗牛比赛这一天，大家都会慕名去观看，人山人海。目前县政府最担忧的就是斗牛比赛的安保问题，一旦出现交通事故或牛伤人事件，就会产生不好的影响。因此，民间举办斗牛比赛，必须履行严格的审批程序。

以从江岜扒为例，维护斗牛比赛的秩序，除了县政府安排的安保人员及其相关人员，当地村寨也会组织安保人员组成斗牛协会。斗牛协会的1个队长、1个副队长、4个套脚员、2个拉脚员、2个安保队长是固定的。2个拉脚员会带领20个拉脚人员，2个安保队长会带领40个从各个村寨挑选出来的安保人员，维护斗牛比赛过程中的安全及其他问题。

从江岜扒斗牛比赛是有议款存在的，但大部分是口头议款，参加斗

侗画中的斗牛场景

牛的村落都要遵守议款。制定议款的时候，要杀一头猪，歃血盟誓。斗牛节的前几天，寨老向所有参加该斗牛场活动的村寨发出火急传牌，届时任何寨子就会按时参加斗牛活动。

火急传牌通知的具体内容抄录如下：

一张木叶传两亥，闻听斗牛兴志强。新春到来喜洋洋，男女老少齐安康。白羊辞下佳节岁，金猴添上庆吉祥。斗牛比武孔明创，留得功名四海扬。十二月初是己亥，正月十六日是乙亥。两亥本塘都开打，迎接贵牛齐来塘。姑娘罗汉来比美，牛王争霸比高强。男者打扮多整齐，女人绣房巧梳妆。姑娘罗汉手牵手，欢欢喜喜进牛塘。群众路线政策好，家家户户奔小康。幸福生活全靠党，劝君不要把情忘。"安全"二字都要讲，祝君平安转还乡。

接到传牌通知后，参加斗牛的寨子也要发出挑战牌。挑战牌的内容抄录如下：

牛自凯里开发区，身经百战总无敌。今日来到巴命场，迎战备弄比高低。幸亏人们拉脚早，两雄决斗变平局。平界交锋成败将，好牛战败真可惜。有人蹲主旁边看，舌头伸长一寸七。从此无牛敢迎战，威震全场尚称奇。这种牛王天下少，不是牛主吹牛皮。公然挑战群英会，不敢应战是雌的。

挑战牌的反面写着"抵打王"；

挑战牌的右面写着"上打平养顿路务弄几个寨"；

挑战牌的左面写着"下战纪瓜绝登高赫一条江"。

参加斗牛比赛的各个村寨会将牛提前一天带到岜扒，在岜扒上寨、下寨的牛堂里面住一夜，岜扒免费为外寨人提供食物。

斗牛活动的前夜，男人不准劈柴杀猪，女人不准纺纱织布，牛王圈周围用麦草结标的棕绳围起来，不准任何人进入，以求吉利。"斗牛迷"们则彻夜不眠，聚集在鼓楼里摆谈斗牛趣闻，预测明日搏斗谁胜谁负。侗族预测斗牛胜负的办法是将代表双方牛王的两个田螺和一只银耳环放入盛水的木盆中，唱起《卜螺歌》。渐渐地，田螺蠕动起来，接着便互相追逐，追者为胜，跑者为败。到了子时，寨中敲响了锣鼓，召集全寨男子到牛王圈前，应着第一声鸡鸣，大家齐声高呼3次，每次3声，如雷贯耳，为牛王壮行。

牛出牛棚之前，先由鬼师及罗汉去祭萨坛进行祭萨，以求得萨始祖母的庇护。祭毕，铁炮三响之后，一位德高望重的"嘎老"把牛王牵出寨子。牛王披挂着令旗，佩戴着响铃，像出征的将军一样威风。它的前

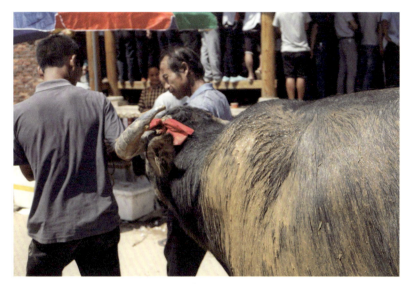

斗牛上场（一）

斗牛上场（二）

面，是锣鼓手和芦笙手；它的后面，是扛帅牌和举
彩旗的人；再后面是全村寨穿着节日盛装的男女老
少了。这支队伍一上路便歌声笑语不断，浩浩荡荡
向斗牛场进发，阵势颇为壮观。

斗牛前，由德高望重的寨老唱起《斗牛词》，
宣布斗牛规矩。午时许，斗牛队伍轮流入场示威。
挥舞写着牛王美称的"码牌"者在前开道，鸣锣
鼓、吹芦笙者随之，刀斧手举着金瓜银斧，寨老着
古装持伞以护圣母英灵，后面的人群举着旌旗簇拥
着牛王在炮声中入场。

牛王头镶铁角，身罩红缎，背插令旗鹤尾，被
几个后生牵着在乐声和欢呼声中入场。后生护着牛
王绕场3圈，高呼不止。这种仪俗称为"踩堂"。
踩堂完毕，斗牛便正式开始了。

在斗牛过程中，有许多精彩的画面。以我们
观察到的岜扒下寨和小黄村的牛王比赛为例，进行
简单的描述。在牛王进场之前，两个村寨的人会敲
锣打鼓、吹芦笙、跳舞唱歌，还有专门的人员放铁
炮、鞭炮，都高兴得不得了。

岜扒下寨和小黄村的牛王都蓄势待发，也很兴
奋。它们的后脚不停地向后踢，就像运动员正准备
百米赛跑似的。牛王身上戴着用鸡尾做的装饰品，
背上披着一块红喜布，牛角上戴着大红花。在完全
进场后，本寨的罗汉会及时把牛身上的束缚全部摘
掉。斗牛开始，守门人员一打开大门，岜扒的牛王

热闹的斗牛（一）

热闹的斗牛（二）

首先冲出斗牛场。这牛就像充了气的小马达一样，10多个人竟然被它拖着走，根本刹不住步子。接着，小黄村的牛也雄赳赳地进入赛场。主持人一声口令，双方放开被牵制的牛鼻子，岜扒的牛王快速冲了过去。小黄村的牛王顺势迎战，两头牛顿时展开搏斗。一牛用自己的牛角钩住另一头牛的脖子，让对方无法动弹，从而抑制对方，甚至将对方直接翻过来，牵制在地上。这种情况僵持许久后，两头牛自动放开，各自站在斗牛场内。打斗中占优势的牛王高高地抬起头仰望着坐在斗牛场四周的人，傲视人群，不看对手，像是告诉人们，它在上一场比赛中占了优势，显示出自己的骄傲与自豪。处于劣势的牛则在场内瞎逛游，也不看对手。这两头牛互相不看对方，是为了放松对手的警觉，其实它们都在紧密地关注对手，放松对手的戒备心，准备来个措手不及的攻击。

当两头牛僵持很久仍然没有放开对方的意思的时候，主持人就会派两名套脚员分别去套两头牛的后脚，再由40个拉脚人员分成两队，每队20人接过套在牛后脚上的绳子用力地往后拉，试图将牛拉开。有时候牛用力过大，会把绳子摆脱掉，套脚员就需要重新套，拉脚人员就要重新拉。还会有专门的人员用铁钩钩住牛的鼻子，将它们分开。这种情况下，主持人会十分辛苦，要不停地指挥，因为指挥不当就会失去对牛的控制。

比赛结束，如果双方是平局，那双方村寨的人各自牵着牛出场。如果一方打赢了，将会放花炮及鞭炮庆祝。赢的牛王被两个小金童牵着，在本寨罗汉的陪同下在斗牛场内绕圈。罗汉们还会不时用搭在牛身上的手做支撑，跳起来欢呼，并围着牛不时地跳舞。小孩子还会举着本寨的旗帜跟在牛王后面游行，敲锣打鼓，庆祝牛的胜利。斗牛获得胜利的村寨一方的人还会抢斗牛输了的村寨的旗帜。

在回寨子的过程中，胜利的村寨吹芦笙、打鼓庆祝，前来观看的亲友们也纷纷给牛披红挂彩，鸣炮祝贺，欢呼不已。斗牛获胜的主人更是欢喜，激动得将一桶桶糯米酒往牛身上泼去。当晚，东道主热情款待。晚上，青年男女便结伴唱歌，各自寻找意中人。

　　侗族地区举办斗牛活动，能够促进村寨之间的团结与和谐，也能够促进村落的进步与繁荣。

对侗族传统农业的探讨 23

稻鱼鸭只是我们看到的侗族文化露出来的一角,背后还有更深厚的支持。侗族文化的基础之一是浓厚的家族观念,另一个是对生态系统采取最小改性原则。稻鱼鸭模式事实上不是凭空来的,而是观察天然沼泽地来建造的高山农业……

韩念勇（中国人与生物圈国家委员会《人与生物圈》主编，以下简称问）：与现代农业相比，侗区传统的稻鱼鸭种养殖系统具有农业文化遗产的价值，这种价值对当今和未来解决生态和粮食问题有何意义？

罗康隆（吉首大学人类学与民族学研究所所长、教授，以下简称罗）：稻鱼鸭结构是适应特定环境的一种生计方式，不是可以普遍推广的，它之所以能够在侗族地区推开，并且生存和发展下去，首先是因为特殊的自然条件。这里的气流是抬升的，湿度处于饱和状态；另外，有小块平地，也有中山和低山，属于森林、农田、溪流交错的区域，同时由于水系的交错，不可能开垦大片农田。这样的自然条件为稻鱼鸭系统的存在提供了背景。其次是侗族本身原来是滨水民族，其文化在不断改造和调试，才构造出这样的系统，它既是生态的，也是文化的，是侗族文化对生态的调试，这两者之间是互动的。

面对当今的粮食问题，很多人首先会想到糯稻的产量低。然而，尽管糯稻的产量低，亩产600斤左右，粘稻能到1000斤，但糯米本身的油脂和糖分比粘米高得多，吃粘米的话要吃6两才饱，吃糯米的话2两就饱了。另外，吃粘米还要匹配油料，现在很多侗族地区都种油茶、油菜籽了，过去吃糯米就不需要，米里已经有油脂了。就是说，糯稻产量虽然低，但能养活的人比粘稻多。

杨庭硕（吉首大学历史与文化学院教授，以下简称杨）：另外糯稻田里还可以出产鱼和鸭子，一斤鱼可以折成3斤米，一亩田可养60斤鱼，5批鸭子，每批20只，另外还有鸭蛋。这三样东西加起来产量超过杂交稻，这是肯定的。另外，田里长的野生动植物如田螺、泥鳅、黄鳝、慈姑等每亩150斤左右，也是作为粮食用的。种了杂交稻之后，稻米之外的其他产物都少了，总产量反而低了。

问：为什么人们对糯稻的评价多是从粮食和经济角度，而忽视其生产系统的生态意义？是什么导致了人们视角的盲区？

罗：其中的一个原因与学科分类太细有关，自然科学和社会科学之间有一个人为的壁垒，这是自文艺复兴之后形成的，中国按照这个思路培养了几代人，所以没法整合起来。为什么对侗族的自然价值估计不足？搞社会科学的学者只关注社会现象和交往，但对背后的生态系统认识是个盲区。对自然科学的学者来说，他们是实验室出来的，熟悉那一套分析模式，也缺乏对一个区域的全面理解。

杨：社会科学和自然科学都有盲区，但这是个人造的规矩，不是自然的规矩。个人不能脱离集体生存，这个问题造成的社会导向让人只看到眼前的得失，背后的、全局的和长远的问题没人去管，因为生态是长远的、是集体的事。

罗：在对发展的把握上，人们认为发展就是经济，对生态系统的价值缺乏考量。

问：为什么一些侗族百姓虽然留恋糯稻，但是也在越来越多地改种粘稻了？

杨：很多东西都是为外面的需求服务。

罗：侗族以当地的自然条件为基础，走自己的道路去发展。但现在有些技术不符合当地实际情况，比如打米机，只能打粘稻，糯稻是不能打的，因为糯稻的芒太长了，会卡死，乡民们只好赤脚把谷粒从禾把上踩下来，同时将长芒踩断，才送到打米机中去脱壳碾制，也有乡民将谷穗先放到烈火上高温灼烧，烧掉部分长芒，再放进打米机中加工。然而，还是有众多的技术难题，比如，由于不同糯稻品种的谷粒大小差异太大，以致经打米机碾出的糯米，要么碎米率太高，无法碾均匀，要么在米中还掺有大量的谷壳和残芒无法分离。这样一来，最优质的糯谷，碾出来全是最劣质的米，根本无法按品种、规格进入市场。早年侗族都是用水碾和碓脱粒碾制，如果仅引进电动机，并匹配控制转速的装置，原先的水碾和碓完全可以不淘汰，其加工的效能可以明显提高，碾米的质量也能有充分的保证。总之，现代的一整套农业技术都是针对籼稻的，没有针对侗族传统糯稻品种进行改良和提升，养鱼养鸭也是这样。因为需要与外界接轨，他们没有办法，只能按外面的去改。我们应该针对其生态和生产来进行技术的更新，而不需要破坏然后重新起一套。

杨：糯稻的发展有多种选择，但我们都排斥了，只选择了一种。其实，如果对糯米进行品种的升级，产量完全是可以超过粘稻的。

问：当今我们面临的许多挑战都需要传统知识与科学知识联手应对，但是事实上传统知识常常受到排斥，造成这种现象的原因是什么？

罗：如果没有科学的正确引导，传统就没有生存的基础。有人认为传统是落后的，没有按市场做。反之，认为你与市场接轨，学得越多，就越先进，包括服饰等都是这样。

杨：其实，很多原先看起来不显眼的东西，不知道什么时候重要性就显现出来。过去汉族以黄米为珍，那时候稻米是少数民族的粮食，结果现在稻米已经变成主要粮食了。

罗：科学是人类长期积累的思维框架，每一个民族的文化求生存发展，面对的自然是不一样的，所以人的思维框架就不一样。侗族也是一样，有着自己的体系。比如稻田养鱼，其实也是一种技术。新的水稻技术到了侗族地区，人们也不是百分之百接受，也在改进。进入21世纪之后，无论是学者还是本地人，都更多地提出方案来改进和发展。

杨：我们的工作至少能让人了解一些方面，也许能拯救，也许能赢得新的发展机会。

问：侗区的传统稻鱼鸭系统具有生态合理性，产品也是无污染的，这是否意味着这种模式具有后发优势？

罗：后发优势有4个条件，也叫4个原则：族系间断原则、地理间断原则、机遇忧患原则、合子文化原则。族系间断，指后起的民族不会是最先进的，只是主流民族的支系；地理间断，后起文明绝对不是现在主流文明的地区，只是在边缘地区；机遇忧患，既要有特定的历史事件，但又不能让你死亡，也不能太优越；合子文化，是多种文化互动、碰撞、交流生发出来的，不是哪一个单一的文化，而是一种新的文化。

对侗族地区来说，后发是存在的，但还形不成优势，目前还没有机遇和环境。侗族的后发优势，从族系上说，处于汉文化的边缘，夹缝当中，符合第一个原则；第二个原则，地理方面，属于从湖广平原往云贵高原的过渡带，文化和地理、传统的过渡带，多种生态多样性，提供了生态背景的支撑，有优势；机遇忧患方面，好不到也坏不到什么程度，粘稻的推广不全面；合子文化原则，多种语言在这些地区都互用，甚至有的村寨村民能讲多种语言，但还没有形成大影响和大视野，只是小区域的，必须形成合子文化。后两个原则，现在还没有形成优势。

问：在当今的社会经济环境里，挖掘和发挥稻鱼鸭传统生产的后发优势，继而传承和发展的动力何在？

罗：从表面上看，市场和政策影响很大，但从学理上看还不能形成动力，只是一个外部牵引的机制。真正的动力来自内部，民族的生存发展需要把自己历史中生成的智慧用上去，因为长期在这个区域中生存发展已形成了特定的生态轨迹。要继续发展下去，第一，需要民族内部一致的认同性；第二，形成了内部力量的蓄积之后，传统知识和技能有效地为发展而提升，建构起自己的技术体系，这才是发展的动力。如果没有这个动力，外部再刺激也没用。比如市场刺激，糯稻能卖到5元钱一斤，今天也许能刺激侗族多种一些，但明天呢，也许别人也会种来造假。所以，最主要的还是内部动力，但也要有外部的条件。

杨：文化与生态高度和谐之后，可以永远维持住，也就可以永远等下去，等机会。外面的机遇是随时变的，总能变到对上号的时候，外面的温度一适合，就发展起来了。再一个，就是学者的事情了，要提供信息给他们，让他们获得更广的视野，能够抓住机遇。虽然现在侗族地区很多年轻人都出去打工了，但这个影响因素只是暂时的、表面的，他们永远会记得自己从小是吃糯饭长大的。另外，一旦外面挣不到钱的话，回归的可能性很大，他的民族性还在那里。农村老龄化是暂时的，况且他的孙子还在农村呢。至于丢失的一些习俗和文化，重新学不成问题。只要人在，文化反弹的可能性就存在；而且只要机遇成熟，反弹是很快的。这样的文化后发优势是能等机会的。

问：侗族人民创造了具有全球重要农业文化遗产价值的稻鱼鸭系统，这与他们的价值观和发展观有着密切关系，请对其中关系做些解释。

杨：稻鱼鸭只是我们看到的侗族文化露出来的一角，背后还有更深厚的支持。侗族文化的基础之一是浓厚的家族观念，另一个是对生态系统采取最小改性原则。稻鱼鸭模式事实上不是凭空来的，而是观察天然沼泽地来建造的高山农业。因此，农业与自然的差异小，有很高的稳定性，能持续发展。最小改性就能保证最大的永续性，因为自然界的力量比人类大得多。

罗：我们从侗族理念得到启发提出文化制衡与自然平衡，稻鱼鸭还有牛、田坎上的菜，与周围环境都是一致的。他们利用生态背景的技术性差异形成耦合关系，并没有改变本底的东西，而是在这个基础上进行适当搭配。与之相对应，侗族的荣耀观也是集体性的，家族利益总在个人之上。外面的人来，不是看谁家漂亮，而是看你的鼓楼、风雨桥、石板路好不好。评价在于群体，而不是个人。孩子犯错误的话，你的父亲、兄弟姐妹都要认错，不是你个人的事情，是家族的。这种群体的依赖性、群体的积极作为，在很多方面能看出来，比如吃相思、集体做客，也是整个村寨的事情。另外，村寨之间对河段的划分、村子的布局等都是以家族为基础的，有了集体就能相互依存下去。体现在生产方面也是这样，不是单种稻、单养鱼，而是一个整体的系统。整体观导致生产各个环节的互补性，也提高了稳定性。同时，人的群体性也提高了抗灾性，水灾、火灾等都不只是涉及个人的事情，而是群体性的。很多民族都能看到同样的东西，只是规模不同，侗族的集体性更强。

问：侗族稻鱼鸭系统的坎坷命运带给政策的思考是什么？

杨：我总结了两句话：修其教，不易其俗；齐其政，不易其宜。这是中国古代的边疆政策。没有集体，不可能与外界抵御。但是，在集体中应该遵循最小改变原则，能不动的最好不动，只要不妨碍国家统一安全，不要光为了管理的方便就盲目改动。这两句话体现了一个原则：可动可不动的就不动，非动不可的要商量着动。要推广稻米可以，但不能种稻米的地方就不能强行推，要允许人家有自己的粮食储备。今天也是这样，要允许不同形式的粮食储备，不要强行改变。忘记风险是最可怕的事，水稻也是有生命的。

罗：应该针对不同民族地区的生态背景来考量，让本土知识得到充分发挥。

我对侗族是情有独钟的。早在1984年暑假得到贵州民族学院民族研究所的资助，我组织的暑期考察活动地点就是在侗族地区。这也是我第一次进入田野。这次进入到侗族的田野，确实让我感到震撼。

　　当时的情景至今不忘，时常浮现在我的眼前。记得从省城贵阳出发，在凯里停驻一晚，次日赶到从江县城，到县城时已是夜幕降临了。第二天坐车到停洞，再走30千米的山路才来到我们选定的田野点——当时的信地村。

　　进入信地，我恍惚进入到另外一个世界。乡民说着我们一句也听不懂的侗语，我们一下子傻了，但从他们的脸部表情和眼神判断，他们对我们没有一点恶意，而是充满了好奇，我感觉到了他们的同情与友情（后来应《中国国家地理》杂志邀请，我专门写了一篇《赞美他人的民族——侗族》）。就在我们彷徨时，村里有位到外地当兵退伍回村的青年——当时村里唯一熟悉汉语的村民来到我们中间。他主动介绍了他的经历。我们相互寒暄之后，我把我们这次来调查的动机与计划告诉他，他便把我们带到了村主任家里。由于天色已黑，我记不得是如何走到村主任家里的。他用侗语与村主任交流后，村主任就吩咐他的妻子准备夜饭。她很快就准备好了。村主任招呼我们吃饭。我十分纳闷，我没有看到主人烧火，怎么就准备好了饭菜。摆在桌上的饭菜都是冷的与酸的。我至今记得当时的饭是糯米饭，菜都是从坛子里拿出来的腌菜，荤菜有猪肉、鲤鱼、草鱼、鸭子，还有未长毛的小鸟，素菜有生姜、广菜、白菜、长豆荚等。这些都是酸的。在餐桌上还摆放了一把剪刀，没有碗筷。我真不知道如何下手，只好静静观望村主任怎么操作。但一天的行走，实在是饥饿不堪了，我顾不了那么多了，拿起剪刀把猪肉、鱼、鸭子剪成小块，往嘴里送，素菜就更不用说了。我第一次尝到了侗族的饭菜，感受到了侗家饮食的特点。这次的饭菜，成为我以后与同事、朋友、同学谈话的"资本"。每每遇到自己不熟悉的饮食时，我都会想起这次的饮食经历，都会对在座的人谈论这次饮食的情况。

第二天一大早，我就来到村落里的风雨桥上，对乡民的活动进行观察。有3件事让我至今不忘。第一件事是一位村里的老人通过那位退伍军人问我现在是什么年代。这里难道真是陶渊明的

"世外桃源"，不知秦汉，也不知魏晋？第二件事是村里的老人在孜孜不倦地教小孩抽烟，我十分不解，并多次请教村民，想获得答案。村民的回答很简单，说我老了动不得了，有这些小孩去种烟，我们老人才有烟抽。第三件事是村里的男人都坐在鼓楼里或者风雨桥上带小孩乘凉玩耍，而妇女出门到田间地头劳作。村民告诉我本来就是这样的，没什么大惊小怪。后来我查阅古代的文献和当代的民族志才知道，这样的习俗与"产翁制"有关。当然，村落里的其他文化事项，我也十分惊叹，比如他们的鼓楼、风雨桥、戏楼、吊脚楼、寨门、鱼塘等。这次短暂的调查无法对侗族文化做更深入的调查，只是集中在侗款方面。但这次田野调查的确开启了我对侗族文化的兴趣与好感。

要深入理解侗族文化，学会侗语是关键，为此我回到家乡时，特地到会讲侗语的朋友亲戚家做客，跟他们学习侗语。几年下来，我能够说简单的侗语，也能听懂日常的侗语。这为我以后进入侗族地区有很大的帮助。

真正意义上对侗族文化的田野调查应该是1995年。那年，我应《山茶》杂志之邀撰写一篇有关于侗族的家庭纪实，当时要求是要以记者的眼光、散文的笔调、学者的思想对一个侗族家庭进行忠实记录。为了完成这一任务，我走进湖南通道县阳烂村的杨校生家。经过不下10次的深入调查，于2001年出版《桃园深处一侗家》。随后，我便把这个村作为我对侗族文化长期观察的田野点，并以阳烂村为中心将调查范围扩大到平坦河流域的50多个村落。

从1995年开始，我每年的寒暑假都要到这个村落进行田野调查，或是安排我的研究生到这个村落进行调查研究，也培训一些乡民，以日志的方式去记录村落里发生的事，去书写他们记忆中的历史。在这样的基础上，以阳烂村为中心完成了8篇硕士论文和2部专著。但这仍然不能对该村的侗族文化进行总结，目前我们还在深入调查与研究之中。2014年暑假，我获得了该村的荣誉村民称号，村里给我发了证书。证书不大，但这是我目前最值得骄傲的荣誉证书。

2000年开始，我的博士论文的田野调查，主要集中在贵州清水江流域的苗族、侗族数百年的人工营林业。该研究工作不仅需要深入的田野调查，也需要对该区域的历史文献，包括民间文献如族谱、林业契约、碑文、宗教科仪书等的收集与考订，是一项历时态与共时态相结合的研究，也是一个"大历史（国家历史）"与"小历史（区域史）"相结合的研究。我在连续8个月田野调查的基础上写成学位论文，获得了博士学位，这一研究成果还在进一步的修订中。在这样的研究中深觉侗族文化的博大精深。

从2007年以后，我对侗族的研究重心放到了都柳江流域的侗族地区，聚焦在从江县的高增、平秋、小黄、岜扒和占里，黎平的黄岗、肇兴、安堂等地，当然也涉及了广西三江侗族自治县的高友、高秀、林溪、平铺和程阳八寨等侗族村落。在这些侗族村落的调查中，我们聚焦在稻鱼鸭系统上。对这一问题的研究也产生了10多篇硕士论文和四五部学术专著，其后续的研究成果还在不断地形成。在研究中，我们深感到地方性生态知识的重要性，在乡村重建中如何进行以"家"为中心的社区总体营造是最为关键的，我进而认为这就是当代乡村社会发展的方向。

侗族乡民是侗族民间知识的创造者与传承者，我们只是收集者与整理者。从这个意义上说，我们的学术研究不只在学科建设、知识累积和建构，而且还要对文化予以科学的评价。该著作如果能够在这些方面有些许启示或提示作用，也算是对侗族乡民的一点回报，也算是我们团队迈向人民的民族学的一点行动。

罗康隆

2017年12月